KB252833

선생과 황태자

2시에 5번 교대를 하려고 눈을 뜬 천명오는 철창 앞
불침번 자리에 쭈그리고 앉아 있는 순열 씨가
울고 있는 것을 보았다.
그는 탈진한 사람처럼 얼이 빠진 얼굴 위에 눈물을 줄줄
흘리면서 훌쩍거리고 있었다.
천명오는 너무 놀라 발이 묶인 듯 그 자리에서 우두커니
순열 씨를 바라보고만 있었다. 천명오가 놀란 것은
단지 순열 씨의 울음 때문이 아니라 그가
아무것도 거리끼지 않고 천연스럽게 울고 있는 태도였다.
이때 순열 씨의 울음소리는 갑자기 폭발하듯
더욱 격렬해졌다. — 본문 중에서

국립중앙도서관 출판시도서목록(CIP)

선생과 황태자 / 송영 지음. -- 파주 : 범우사, 2004
 p. ;   cm

ISBN 89-08-04325-X 03810 : ₩7000

813.6-KDC4
895.734-DDC21   CIP2004001411

송영 소설집

선생과 황태자

범우사

차 례

선생과 황태자

나는 어느덧 나도 모르는 사이에 내가 어쩌면 환자가 아닐까 하는 자각 증상에 사로잡히고 만 것입니다. 혹시 어디 아픈 데라도 없을까, 그때까지 몸에 이상이 있거나 이렇다 할 만큼 치료를 받아 본 일이 없는데도 공연한 남들의 인사말.

요즘 어디 아프냐?

혹은

자넨 밤낮 무슨 걱정거리가 그다지도 많은가?

이 따위 인사말 때문에 자기는 정말 환자가 아닐까 하고 자꾸 자문해 보다가 나중에는 자기 몸 어느 한 부분이, 아니면 거의 전체가 병들어 있을지도 모른다는 근거도 없는 의구심에 사로잡혀 버렸지요.

게다가 자기가 남달리 걱정거리가 많은 사내다, 아무것도 아닌 일로 공연히 시달림을 받고 있는 사나이다, 하고 느끼는 증상은 더욱 심했죠. 웬만하면 표면에까지 드러내지 않아도 될 텐데, 자기 고민을 표면에까지 드러내는 건 어느 모로 보나 유쾌하달 수 없는 일인데 오죽하면 그걸 상대방이 금방 깨닫게 될까, 내 표정에서 그것을 감추고 지낼 수는 없을까 하고 생각했죠.

이 증상은 가속되어 이윽고는

나는 병든 사나이다.

혹은

나는 남달리 걱정거리가 많고 그리고 그것을 감출 수 없으리만큼 거기에 몹시 시달리고 있는 사나이다.

라고 스스로 규정지어 놓고는 매사에 자신을 잃게 되었습니다.

여보 그게 연애 이야기요?

맞은편 벽에 기대 앉은 하사 하나가 이때 퉁명스레 물었다. 순열 씨는 깜짝 놀란 듯 눈을 들어 맞은편을 바라보았다. 그의 이야기를 가로막은 하사는 변소 바로 곁에 앉아 있었다. 그는 나는 너에게 기대고 있다, 기댈 테니 양해하라는 듯이 변소 옆 벽에 잔뜩 기댄 채 얼굴 윤곽이 잘 보이지 않을 만큼 머리를 수그리고 있었다. 그래서 순열 씨에게는 하사의 이마밖엔 보이지 않았고 그의 이마는 온통 굵다랗고 깊이 패인 주름투성이여서 순열 씨의 시야에는 그 뚜렷한 주름살이 더욱 크게 부풀어 올랐다.

저 사나이는 지금 왜 변소 곁에 앉아 있을까. 순열 씨는 그게 이상하게 여겨졌다. 저 곳은 그의 자리가 아니다. 순열 씨를 중심으로 모여 앉아 있는 사람들로부터 그는 유독 혼자 몇 자만큼 떨어져 앉아 있었고, 아주 편한 자세로 벽에 기댄 채로 머리를 잔뜩 수그리고 있는 걸 보면 하사가 지금 이야기를 듣고 있지 않는 것은 물론 방금 질문을 던져온 것 같지도 않았다. 그래도 질문의 목소리는 분명히 그의 것이었다.

그런데 왜 그는 저만큼 혼자 떨어져 앉아 있을까. 그는 혼자서 잠을 자고 있었거나 혹은 깊은 생각에 빠져 있었는지도 모르지. 하지만 왜 저기 변소 바로 옆에 앉아 있을까. 저 곳은 그의 자리가 아니다.

순열 씨는 입을 닫은 잠깐 사이에 맞은편에 앉아서 얼굴을 보여 주지 않는 하사에게 이렇게 머리를 썼다. 그는 약간 불안하기까지 했고 눈을 들어 다시 그 부풀어오르는 굵다란 주름살을 보았을 때 까닭없는 불안은 더 심해졌다.

계속해요. 그냥.

이때 이 중사가 손으로 순열 씨의 잔등을 가볍게 치면서 재촉했다. 그가 구태여 잔등까지 치는 걸 보면 이 중사는 벌써 순열 씨의 마음에 스쳐가는 한 가닥의 불안을 읽었음에 틀림없었다. 그는 고참자답게 눈치가 매우 빠른 사나이였다. 비록

늘 눈을 가늘게 치뜨고 입을 지랄병자처럼 약간 헤벌리고 있
어서 이 자가 잠자는 것이나 아닐까 하는 느낌을 상대방에게
주는 것이지만 그것은 중사의 얼굴에 밴 습관에 불과한 것이
고 그는 잠을 자고 있거나 혹은 어떤 잡념에 빠져 있는 것은
아니었다. 오히려 그렇게 반수에 빠진 듯한 그의 눈과 그리고
여타 촉각은 실내의 구석구석까지, 또는 실내에 있는 사람들
의 마음 구석까지 하나도 놓치지 않고 지켜보고 있는 것이었
다. 그러므로 그의 눈치가 빠르다는 것은 적절한 표현이 되지
못했고 중사의 눈치는 이미 귀기鬼氣에 이르고 있다는 것이 적
절한 표현이리라.

　만약에 이때 중사가 손으로 자기의 잔등을 가볍게 두드리며
재촉하지 않았다면 순열 씨는 맞은편 하사의 이마에 너무나도
뚜렷하게 혹은 사나우리 만큼 굵다란 선으로 그어져 있는 주
름살로부터 그의 멍청스런 시선을 거두지 못했을 게다. 그는
확실히 한 가닥의 불안에 사로잡혀 있었고, 그 불안의 정체가
무엇인지 잘 잡히지 않아 한동안 멍청하니 앉아 있었다. 그런
데 중사의 가벼운 손길에는

　그 따위에 개의치 마시오.
라는 뜻이 분명 담겨져 있어서 그는 겨우 하사로부터 시선을
거두었다.

　중사는 순열 씨를 껴안기라도 할 듯이 한쪽 무릎은 그의 무

릎 밑에 밀어 넣고 한쪽 무릎은 세워서 그의 잔등을 받쳐주고 있었다. 무엇을 받아먹기라도 하려는 듯이 앞으로 내어민 중사의 뾰족한 턱은 곧 그의 턱과 마주칠 것처럼 가까이 있었고 중사의 입에서 훅훅 내어 뿜는 뜨거운 숨결에서는 고약스런 냄새가 자꾸 스며나와 그의 후각을 괴롭혔다. 그리고 다른 사람들 여남은 명이나 되는 한 방의 동료들도 순열 씨와 중사를 둘러싸고 덩어리 지어 앉아 있었다. 그들 모두 사람들의 입에서도 한결같이 뜨거운 숨결이 내뿜어졌고 그리고 그 숨결에는 모두 순열 씨의 후각을 괴롭히는 고약스런 냄새가 스며 나왔다. 그들의 냄새는 한결같이 같은 종류의 것이었다. 개고기를 구운 것 같은 약간 노린내에다 썩은 푸성귀에서 나는 퀴퀴한 냄새가 섞여 있는 냄새, 그러니까 그것은 거리의 싸구려 음식점 주변의 하수구에서 맡을 수 있는 것과는 조금 다른 냄새였다.

순열 씨는 그 특유한 고약스런 냄새들로 자기가 겹겹이 에워싸여 있다는 걸 새삼 깨달았고 그들의 눈이 자기의 입을 열심히 지켜보고 있으며 그들의 가쁜 숨결이 그들이 지금 매우 초조하게 무엇인가를 기다리고 있다는 것을 말하는 것이라고 믿어졌으므로 이야기를 계속해도 되겠다고 생각했다.

실은 이게 그 이야기의 전제로서 필요했기 때문에 한 것입니다. 그냥 이걸 생략해 버리고 연애 이야기로 들어간다면 다음 이야기에서 내가 왜 그렇게 했을까, 왜 일을 그렇게 처리했을까에 대해서 당신들이 이해하지 못할까봐 그러는 겁니다.

그는 방금

그게 연애 이야기요?

라고 사뭇 퉁명스레 질문을 던진 하사의 존재를 계산하고부터 이렇게 부연했다. 그렇지만 그가 지금 자기의 이야기를 과연 듣고 있었는지는 알 수 없었다. 그는 지금 변소 옆에 바싹 붙어 앉아 있고 그곳은 무리지어 앉아 있는 이쪽에서 몇 자 떨어진 곳이었다. 그곳은 그의 자리가 아니었다. 그렇지만 순열 씨는 그의 질문에 한 마디도 부연하지 않고 그냥 넘어가지는 못했다.

이야기는 이제부터 시작입니다.

순열 씨는 곁에 있는 중사의 얼굴을 향해 다시금 말했다. 중사는 입을 비틀고 비쭉 웃어 보였다. 두터운 아랫입술을 삐뚜름히 내밀고 그가 소리없이 웃을 때는 귀여운 느낌마저 주었다. 하여튼 그의 얼굴이 평온한 채로 있을 때는 얼굴에서 이따금 어린애의 얼굴을 발견할 때도 있는 것이다. 그렇지만 그가 감방장의 권위를 찾기 위해 표정을 일단 딱딱하게 만들거나 또는 누구에겐가 고함을 지르거나 발작적으로 주먹 혹은 발길을 휘두를 때는 그 귀여운 웃음이나 어린애의 얼굴은 찾을 길이 없는 것이다. 그 무서운 얼굴이 저토록 귀엽게 표변하는 데 대해 순열 씨는 내심 몹시 감탄하고 있었다. 빨리 하슈 라는 듯이 중사는 지금 그 귀여운 웃음을 보내 주고 있었다.

바로 이런 까닭 때문에 어느 날 나는 한강 백사장을 찾았지요. 아마도 여름 휴가였을 거요. 굉장히 뜨겁고 무더운 날이었으니까. 한강 백사장은 끝없을 만큼 넓어요. 한남동에서 철로가 있는 둑으로 올라가 보면 거기 사장이 얼마나 넓어 뵈나 단숨에 알지요. 옳지 되었다, 하고 우리집 마루에 앉았을 때 생각한 겁니다.

뭘 말요?

참지 못해 중사가 물었다.

들어 보슈.

순열 씨는 귀여운 고참자를 힐끗 바라보며 말했다.

한 장소에 오래 서서 살을 태운다는 것은 일종의 형벌 아니겠소? 그러니까 좀처럼 그 짓을 감행한다는 건 어려웠단 말이죠. 그런데 이 넓은 백사장을 걸어간다면, 끝이 없는 것처럼 보이는 이 백사장을 끝없이 하염없이 걸어간다면 너무 빨리 걷지 않고 조금 천천히 걸어간다면, 물론 하늘을 보고, 그러면 멋들어진 산보와 살 그을리는 일을 동시에 할 수가 있다는 생각이 우리집 마루에 앉았을 때 떠오른 겁니다. 나는 그 길로 한강 백사장으로 달려갔습니다.

백사장에서 산보했다는 얘기는 생략하죠. 내가 멋들어진 산보를 했건 말건, 혹은 거기서 진짜로 살을 태울 수 있었건 역시 태우지 못했건 그건 별로 관련이 없으니깐.

하여튼 두 시간쯤 사장에서 보내고 집으로 오는 길이었습니다. 그때 시간은 오후 두세 시 무렵, 해가 제일 뜨거운 때였죠. K동의 언덕배기를 걸어 올라와 한숨 돌리고 비교적 평평한 한길을 걷고 있는데 맞은편에서 누군가 걸어왔소. 주위는 주택가였는데 모두 새로 들어선 집들이어서 비교적 집들이 깨끗했지요. 그래서 난 그 마을을 신흥촌이라 불렀지요. 그러니까 그 신흥촌 입구를 막 들어선 참에 맞은편에서 누가 온 겁니다. 흰옷을 입어서 햇빛의 반사 때문에 처음엔 사람이 잘 보이지 않다가 점점 가까워지니까 윤곽이 드러납디다. 나는 햇빛 때문인지 또는 다른 무엇 때문인지 맞은편에서 오는 사람이 내 앞에 바싹 다가올 때까지 그게 그토록 예쁜 처녀라는 걸 느끼지 못했지요. 아니 그게 그토록 예쁜 여자였기에 내 눈이 어릿어릿 했을지도 모르지요.

그녀가 바싹 내 앞에 다가왔을 때에야 나는 그 여자가 참말 예쁜 여자라는 것, 마치 숲에서 나온 요정처럼 예쁜 여자라는 것, 당신들 영화에서 요정을 보았겠지만 팔등신이 아니면 얼굴이 제 아무리 예뻤댔자 요정으로 보이지는 않는 법이오. 그 여자는 어디 하나 흠잡을 데 없이 곱고 늘씬했소. 내가 그걸 깨닫고 너무 충격이 커서, 하필이면 백사장의 산보에서 돌아오는 길에 행인 하나 없는 한길에서 딱 둘이서 마주쳤다는 사실에 너무 충격이 커서 머리 한구석이 찌르르 울렸을 때는 때가 이미 늦어 버렸소. 그녀는 잽싼 걸음으로 나를 지나쳐 간 거요. 물론 때가 늦지 않았던들 별 뾰족한 수가 있는 건 아니었지만.

나는 곧 뒤로 돌아섰는데 그녀가 계속 걸어가면 미행할 참이었죠. 우선 할 수 있는 일은 미행해서 그녀가 어디 사는 누구라는 걸 알아두는 것뿐이었으니까. 일단 그걸 알고 난 뒤에 차츰 방법을 생각해야 되니까.

그런데 이 여자는 몇 걸음 더 걷지 않아서 바로 길가에 있는 어떤 집의 대문 앞에 서는 것이었소. 나도 그 자리에 우뚝 멈춰 섰소. 그렇지만 그녀는 나를 느끼지 못했는지 뒤쪽의 나는 거들떠 보지도 않고 손을 들어 대문의 벨을 눌렀소. 참 하얗고 포동포동 살찐 손이었죠. 찌이 찌이 벨 소리가 울리고 이어서 집 안에서 누군가 신발 끌고 나오는 소리가 들렸고.

인제 와?

응.

하는 콧노래 같은 가벼운 문답이 들린 뒤에 문이 열렸소. 거기까지밖에는 기억이 안 나요. 문이 언제 열렸는지 그녀가 언제 집안으로 들어가 버렸는지 얼떨떨한 기분이라 도무지 느끼질 못했거든요. 하여튼 그 여자가 눈앞에서 사라져 버린 거요. 그

러니까 처음 눈앞에 나타나서 사라질 때까지 불과 몇 초 걸린
셈이죠.

그래서 어떻게 된 거요?

중사가 성급하게 재촉했다. 그는 거의 입이라도 맞출 듯이
순열 씨의 얼굴에 그의 얼굴을 맞대고 있었다.

그런 뒤에!

하고 순열 씨는 다시 입을 열었다.

이때 관망대에서 귀찮아 내뱉는 듯한 목소리가 아주 작게
들려왔다.

정좌.

관망대의 난간에 어깨를 기대고 졸고 있던 근무자는 몸을
일으키고 드높은 천장을 향해 한바탕 기지개를 켠 뒤에 방금
내린 자기의 지시가 제대로 이행되었나 보느라고 눈으로 한
바퀴 반원을 그렸다. 새하얀 화이버 밑에 가려진 그의 눈은 표
범 눈처럼 반짝거렸다. 그리고 독기마저 내뿜고 있었다. 방금
조느라고 게슴츠레했던 눈이 어느 사이 그렇게 빛과 독기를
한꺼번에 뿜어내게 되었는지는 알 수 없었다.

순열 씨는 이야기를 더 계속하지 못했다. 근무자의 작은 목
소리가 떨어지자마자, 순열 씨를 둘러싸고 앉아 있던 모든 사
람들이 허둥허둥 제 자리를 찾아 순식간에 흩어져 가 버렸기
때문이었다. 순열 씨의 곁에 남은 사람은 겨우 이 중사 한 사

람뿐이었다. 그곳은 그의 자리였던 것이다.

본의 아니게 이야기를 중단한 순열 씨는 그의 얘기에 귀 기울여 주고 있던 2호 감방의 동료들에게 미안하게 생각했다. 그가 조금 이야기의 템포를 빨리 했더라면 근무자의 지시가 내리기 전에 이야기를 끝마칠 수 있었을지도 모른다고 생각되었던 것이다. 그렇지만 이야기가 늦어진 것은 그가 이야기를 충실하게 끌어 가려고 노력했기 때문이었다.

편히 쉬어 자세가 아니라면 이야기는 도무지 불가능했다. 그나마도 맨 앞에 앉아서 참새잡는 당번이 끊임없이 근무자의 거동을 지켜 보아야 했고 거기다가 어느 정도까지는 재소자의 수칙이나 근무자의 권위로부터 이탈해 보겠다는 이 중사의 대담한 배짱이 밑받침하고 있었다.

순열 씨는 계면쩍은 표정이 되어 꼼짝도 하지 않는 동료들의 중머리 뒤통수들을 묵묵히 바라보았다. 그는 이 중사와 나란히 맨 뒤에 앉아 있었으므로 이 위치에서는 삼열 횡대로 정좌하고 앉아 있는 동료들의 중머리 뒤통수들이 모두 한눈에 바라다보였다. 그들의 중머리들은 꼼짝도 하지 않았으므로 뒤쪽에서 보면 마치 여러 개의 같은 석불상이나 목불상들을 나란히 앉혀 놓은 것 같았다. 그리고 불상들은 실은 생명이 전혀 없어 뵈는 것이다. 정좌할 때는 손가락 하나 까딱하지 못했기 때문에 그들의 뒷모양은 숨조차 제대로 쉬지 않는 듯이 보였

고, 꼼짝도 하지 않는 삼열 횡대의 뒤통수들에서는 정말 생명
의 자취라곤 조금도 찾아볼 수 없다는 느낌을 받을 때가 있었
다. 이렇게 느껴질 때 순열 씨는 어쩐지 소름이 끼쳤다.

내 애긴 그년을 어떻게 조졌느냐 이거요.

이때 이 중사가 2호실 안에서만 들릴 만큼 낮은 목소리로
말했다. 그는 순열 씨를 슬쩍 돌아보면서 말했으나 그 귀여운
웃음을 보여 주지는 않았다. 그의 표정은 정좌할 때 그가 늘
그러듯이 딱딱하게 굳어 있었다. 이렇게 굳은 표정으로 중사
가 말하는 것은 그가 참말을 하고 있다는 증거였다.

이 중사의 참말에 대해 실내에서는 아무도 웃는 사람이 없
었다. 왜냐하면 지금은 웃을 만한 시간이 아닌데다가 그보다
도 이 중사의 참말은 그들에게도 역시 참말이었던 것이다.

근무자는 관망대에서 내려와 동물원의 우리처럼 반원으로
늘어선 감방 앞을 천천히 걸어다녔다. 복도의 시멘트 바닥에
군화가 부딪치는 발자국 소리는 마치 초를 헤아리는 시계추
소리처럼 일정한 간격으로 또렷하게 들려왔다.

하여튼 박씨의 구라는 삼삼해. 놀랐어.

마침 발자국 소리가 7호, 8호 쪽으로 멀어져 간 사이에 중사
가 말했다. 그러자 중사의 바로 앞에 앉아 있던 정 하사가 불
쑥 뒤를 돌아다보았다.

그게 삼삼하다구요? 난 통 싱거워서 못 듣겠는데.

정 하사는 순열 씨의 구라 솜씨를 칭찬하는 이 중사의 말에 화가 나서 참지 못하겠다는 듯이 버럭 소리쳤다. 그는 뒤쪽의 두 사람을 부릅뜬 눈으로 한바탕 흘겨 보고는 곧 다시 얼굴을 앞으로 돌렸다.

뭐라구? 이 새끼가 갑자기 미쳤어.

이 중사의 말이 떨어짐과 동시에 그의 큰 주먹이 하사의 뒤통수를 맹렬하게 갈겼다. 하사의 머리에서 퍽 하는 소리가 들렸지만 그는 방금 자기가 실수를 저질렀다는 걸 곧 깨달은 듯 꼼짝도 안 했다.

이 새끼.

중사는 노기로 숨가쁜 소리를 내면서 자기 말을 부정한 인간에게 같은 주먹질을 몇 번인가 되풀이했다.

이 새끼, 그 소리 다시 한 번 해봐.

근무자의 발소리가 멀어졌을 때 중사가 나지막한 소리로 다시 말했다. 그의 어조에는 어느덧 노기가 사라졌고 비양거리는 투의 장난기마저 섞여 있었다.

한 차례 주먹 세례를 받은 정 하사는 여전히 꼼짝 않고 등을 보인 채 앉아 있었다. 그렇게 참아내는 그는 누구보다 중사의 발작적인 노여움을 잘 알고 있었으므로 그는 중사의 주먹질이 몇 번으로 그친 것을 도리어 다행으로 여기고 있었다.

넌 선생에게 모욕을 주었어. 이 새끼야, 날 따라 말해. 선생의 구라는, 아니 선생님의 구라는 삼삼합니다.

그래요. 선생님의 구라는 삼삼합니다.

마지 못해 모기 소리처럼 작은 소리로 정 하사가 복창했다.

이 새끼, 한 대 더 맞아야 알겠어? 기합이 빠져 있어 이 새끼야, 다시 선생님의 구라는 삼삼합니다.

이번에는 감방 밖에까지 소리가 들릴 만큼 큰 소리로 복창했다.

뭐야? 뭐라고 했어?

이때 2호 앞으로 걸어오던 근무자가 철창 안을 들여다보면서 물었다.

아니오. 아무것도 아닙니다.

맨 뒤쪽에서 이 중사가 황급히 대답했다. 그는 엉겁결에 몸을 반쯤 일으켰고 그의 얼굴은 어느덧 그 귀여운 웃음을 흘리고 있었다. 그러는 중사와 눈이 마주치자 장 수병님은 하는 수 없이 웃고 말았다. 하지만 그는 곧 웃음을 거두고 싸늘한 표정으로 돌아갔다. 두꺼운 입술은 굳게 닫혀 버렸고 눈을 가릴 듯이 깊이 내려쓴 새하얀 화이버 안쪽에서 표범의 눈 같은 장 수병님의 눈은 지극히 조용한 거동으로 철창 안을 한바퀴 휘둘러 보았다. 그러다가 그의 눈이 나이 먹어 뵈는 맨 뒤쪽의 신참자에게 잠시 정지했다. 그는 한 마디도 건네지 않고 몇 초 동안 신참자를 지그시 내려다보았다.

흥 저놈은 턱수염이 쭈뼛쭈뼛 나고 움푹 팬 눈이 피로하게 뵈는게 꽤 나이가 많은 게로군. 그런데 저놈의 눈과 마주치면 어쩐지 기분이 거슬린단 말야. 그는 내심 이렇게 생각했으나 정작 그가 이상스레 여기는 건 그 사나이의 그런 외양이 아니었다. 그는 며칠 전부터 2호 앞을 지날 때마다 이 신참자가 두번째 상좌라고 할 수 있는 이 중사의 바로 옆 자리에 앉아 있는 걸 보고 매우 이상하게 생각했다. 순서로 따진다면 그 녀석은 제가 아무리 나이가 많든 또는 사회에서 쓰여 먹는 무슨 대단한 재간을 지녔건 앞자리에 바로 창살과 마주 앉아서 참새잡이나 전령 노릇을 해야 하는 것이다. 그런데 어떻게 해서 저놈은 자기보다 고참인 여남은 명의 동료들을 죄다 제쳐 놓고 두번째 상좌에 앉게 되었을까. 물론 그렇게 결정한 것은 2호 감방장인 이 중사이겠지만 그렇지만 장 수병님은 이 중사로 하여금 감방 질서를 깨뜨리게 만든 이 사나이에게 약간의 호기심을 느끼지 않을 수 없었다.

하여튼 2호는 재미있어.

그는 무슨 뜻인지 2호 사람들이 잘 알 수 없는 말을 혼자 지껄이고는 1호 쪽으로 걸어갔다.

작살날 뻔했어. 이 새꺄.

2호 앞에서 장 수병님의 뒷모습이 사라지자마자 이 중사가 정 하사의 뒷덜미를 향해 말했다.

그래요. 중사님.

여전히 앞을 향한 채 정 하사가 대꾸했다. 그가 구태여 대꾸하는 것은 이 중사의 임기응변이 위기를 모면케 해 주었다는 것을 덩달아 표시해 주기 위해서였다.

아까 두번째 복창은 좋았어.

이번에는 정 하사에게만 들릴 만큼 속삭이듯 이 중사가 말했다.

이따가 취침 전에 선생님께 강아지 한 마리 드려.

네. 드리겠습니다.

정 하사의 대답이 끝나자, 중사는 옆자리의 순열 씨를 힐긋 돌아다 보았다. 순열 씨가 그를 마주보았을 때 그는 그 귀여운 웃음을 보내주고 있었다.

그렇지만 순열 씨는 딱딱한 표정으로 그의 미소를 받았다. 그러고는 얼른 정면으로 머리를 돌리고 부동자세를 취했다. 적어도 아직 이 중사의 흉내를 낼 수는 없다고 그는 생각하는 것이다. 이 중사의 미소나 고개 움직임, 손짓 발짓, 혹은 기분 내킬 때 한두어 마디 내뱉는 따위의 여유를 그는 도저히 흉내 내서는 안 되는 것이다. 비록 두번째 상좌에 앉아 있지만 그는 매우 조심했다. 왜냐하면 이 중사가 상좌를 차지한 결과 자기가 두번째 상좌를 차지한 것은 그만큼 개념이 다르다는 것을 그가 잘 알고 있었기 때문이다.

정좌 시간에 부주의한 행동을 하면 그것은 곧 같은 호의 동료들에게 나쁜 영향을 미친다. 그러므로 개인적인 부주의는 모두가 용납하지 않았다. 단지 이 중사만이 호 자체의 그러한 규제 밖에 있었다.

순열 씨의 상체는 꼼짝도 하지 않았지만 무릎을 꿇고 있는 그의 다리 근육은 이따금 생각난 듯이 꿈틀거렸다. 그는 무릎을 꿇은 지 삼십 분도 채 못 가서 발과 다리의 마디 사이에 힘줄이 끊어질 것 같은 통증을 느꼈다. 그리고 그 통증을 한참 견디어 내자 이번에는 허벅지에 무겁게 짓눌리고 있는 다리 근육에서 쥐가 나기 시작했다. 그는 이 통증에 반항하듯 시멘트 바닥에 깔려 있는 다리를 향해 상체의 압력을 더욱 가중했다. 유월 초순, 아직 여름 무더위는 아니지만 사방이 차단된 실내는 몹시 무덥기만 했다.

이렇게 힘을 주어 보면 발과 다리 사이 마디의 힘줄이 늘어나고 말겠지. 그리고 다리 근육도 한층 딴딴해질 게다.

그것은 꼭 그렇게 되는지 믿을 수 없는 일이었다. 하지만 고통을 참아내는 별다른 길도 없었다.

오태봉, 넌 감실에 갔다 온 게 며칠째야?

예, 보름 조금 덜 됐습니다.

이 새끼, 보름이면 보름이고 한 달이면 한 달이지 좀 덜 됐다는 게 뭐야?

이 중사의 미간이 찌푸려지자 철창 가까이 벽에 기대 앉았던 오태봉은 얼른 상체를 바로 세우고 평좌로 고쳐 앉았다.

예, 만 십삼 일 열두 시간 되었습니다.

좋았어, 오태봉.

중사는 빙그레 웃는 얼굴로 좌중을 한 번 둘러보았다. 그러자 오태봉은 아주 날렵한 동작으로 평좌를 흐트리고는 다시 벽에 기대 앉아 싱글싱글 웃기 시작했다. 그는 특별한 긴장이 없을 때는 늘 싱글싱글 웃고 있었다.

넌 며칠이면 공판이 붙겠다. 씨팔놈, 좋아라 날뛰지 마, 삼 년은 썩어야 하니까.

그렇지 않아요. 난 이 년 잡구 있어요.

온통 주근깨로 덮여 있는 오 하사의 조그만 얼굴은 상대방의 약을 올리려는 듯이 여전히 싱글싱글 웃고 있었다. 그의 밝은 표정에는 이 년은 견딜 만하다. 이 년을 때린다면 즐겁게 살아 주겠다라고 씌어 있는 것 같았다.

뭐라구 이 새끼야, 이 년이라구. 개씹 같은 소리 작작해다구 이 새꺄, 넌 기름칠 이 년 아냐? 기름칠 이 년이면 갈데없는 석삼자라구, 그렇지 않나, 정철훈?

중사가 옆에 다리를 세우고 앉아 있는 정 하사에게 동의를 구하자 하사는 얼른 자세를 바로잡고 평좌로 고쳐 앉았다.

네, 그렇습죠.

그봐, 이 새꺄, 오태봉, 너 똑똑히 들었지?

중사님, 악담 좀 그만하세요. 그래 삼 년이라구 해두죠.

오태봉은 마지 못해 감방장의 구형을 받아들였다. 그렇지만 이 중사는 오태봉이 방금 악담 운운했기 때문에 잠시 미간을 찌푸렸다. 그는 이 녀석에게 당장 게걸음을 시킬까 하고 생각했다. 그의 앞으로 게걸음 걸이로 오태봉이 다가오면 바른쪽 다리를 들어 발바닥으로 놈의 얼굴을 한 번 씻겨 주는 순서였다. 그러나 그의 찌푸린 얼굴에 개의치 않고 연방 싱글거리는 오태봉의 주근깨 투성이 얼굴을 보자 그는 그 순서를 지워 버렸다.

아아 씨팔 미치겠구나. 선생, 난 이제 이십 일만 참아내면 나가는 거요.

그래요?

하고 순열 씨는 다소 놀란 듯이 중사를 바라보았다.

여데 몰랐죠? 이십 일만 있으면 이심 공판이 있으니까 그때 붙으면 나가는 거요.

거기에 확실히 붙는다는 걸 알고 있소?

알구 말구요. 흥 이번에는 진짜 ○八을 쓴 거요. ○八을 썼으니까 틀림없다는 걸 알지요. 이 년 육 개월이나 ○八을 쓰지 않고 버티다가 이번에는 정말 쓴 거요. 옛다 먹어라 하고.

일심에서 난 3년이었는데, 씨팔 이 년 육 개월이나 살았지만 정말 이제 육 개월은 더 못 견디겠소. 꼭 미칠 것 같은 거요. 선생.

하고 중사는 점점 어조를 낮추어 가며 말했다. 나중에는 순열 씨만 들릴 만큼 작은 소리로

선생, 정말 이제 육 개월을 살라면 어디로든 도망가겠소. 죽고 말지 못 견딜 판요. 전에 삼 년 형기가 다 끝나 내일이면 출감할 놈이 그만 하루를 못 참아 탈옥한 일이 있다우. 저 변소 말요. 변소 천장으로 올라가 굴뚝으로 빠졌다우. 지독한 놈이지만 삼일 뒤에 다시 체포되어 여기로 돌아왔죠. 그래서 특수 도주 죄명으로 사 년을 또 받은 거요. 흐흐 우습죠. 그 놈을 욕했지만 이제야 그놈의 심정을 알아요. …그래서 2심에 항소해 놓고 내가 아버지에게 편지한 거요. 쓰라구. 내가 쓰라구 했으니까 꼭 썼을 겁니다. 전에는 아버지가 쓰겠다구 해두 내가 못 쓰게 했으니까.

어쨌든 다행이요. 이십 일은 눈 깜짝할 사이 아뇨? 당신은 이제 괴로울 것 하나도 없겠소.

그게 아니요, 선생. 바로 이 좆 같은 이십 일이 문제라니까. 하루가 꼭 일 년 같다니까.

중사는 금방 사나운 눈초리로 철창을 노려보았다.

노오랗게 변색된 얼굴이 일단 흥분되자 옆에 앉은 순열 씨

에게는 그가 한 마리의 늑대같이 보였다. 중사는 굳게 잠겨 있는 철창의 문과 높다란 삼면의 벽을, 거의 세 해 동안이나 묵묵히 자기를 감금하고 압박해 온 삼면의 벽을, 사납게 노려보았다.

에이 더럽다 씨팔, 모든 게 개씹 같단 말야. 야 천 하사, 나 외출하겠어.

말이 떨어지자 오른편 3열에 앉아 있던 천 하사가 벌떡 일어섰다. 그는 2호에서 제일 당당한 체격을 가졌고 제일 말이 적은 사나이였다. 그는 잘 길들여진 소처럼 벌써부터 등을 약간 구부리고 후면 벽쪽으로 어정어정 걸어갔다. 이 중사는 외출하기 위해 일어섰고 순열 씨도 천 하사가 설 자리를 마련해 주기 위해 일어섰다.

천명오는 고릴라의 손같이 큰 손으로 깍지를 끼고 후면의 통풍구에 각도를 맞추어 자리잡고 섰다.

니기미, 오랜만의 외출인가부다.

힘을 내기 위해 기합을 준 듯 중사는 말하고 천명오의 큰 손 깍지에 오른발을 얹었다. 동시에 그는 손으로 천명오의 어깨를 짚고 훌쩍 올라섰고 다시 같은 동작을 거듭하자 어느덧 중사는 천명오의 어깨를 밟고 우뚝 서 있었다.

그의 솜씨가 체조선수같이 민활한 데 순열 씨는 놀랐다.

두 손으로 통풍구의 창틀을 꽉 붙잡고 선 중사는 밑에 서 있는 순열 씨를 내려다보고 한 번 씨익 웃었다. 아래서 보니까 웃을 때 드러나는 중사의 왼쪽 뻐드렁니가 순열 씨에게는 유난히 크게 보였고 그 노오란 이빨은 언젠가 그가 화면에서 본 일이 있는 어떤 야수의 그것과 흡사해 보여 순열 씨는 흠칫 놀랐다. 저 귀여운 웃음 속에 저토록 사나운 이빨이 숨어 있었구나.

중사는 자기가 선 기반이 튼튼한가를 시험하느라고 두세 번 발을 굴렀다. 중사의 발은 비록 혈색이 깡그리 바래져 얼핏 죽은 자의 발처럼 싯누렇게 떠보였으나 골격은 매우 넓적하고 굵어서 우람하기 짝이 없었다. 그 사나운 발이 자기의 어깨를 밟고 거침없이 두세 번을 굴렀건만 하사는 얼굴을 찌푸리거나 조금도 괴로워하지 않고 그냥 표정 없는 얼굴로 묵묵히 서 있었다.

선생, 해가 보인다니까.

중사는 어린애처럼 한쪽 팔을 휘두르면서 즐겁게 소리쳤다. 2호의 모든 사람들이 그의 소리에 갑자기 깨어난 듯 통풍구 쪽으로 시선을 돌렸으나 양쪽 벽을 따라 늘어앉아 있는 그들은 무언가를 체념한 듯 이내 시선을 거두고 말았다. 그들은 하나같이 입을 굳게 닫고 묵묵히 앉아 있을 뿐이다.

지금 버스가 스톱했다. 이제 곧 떠날게다. 암 으훙, 벌써 떠나는구나.

중사는 변사처럼 그의 시야에 들어오는 것을 혼자서 신이 나서 떠들어 댔다. 그러다가 문득 천명오의 곁에 엉거주춤 서 있는 순열 씨를 내려다 보면서 말했다.

선생, 거기서 저 나무가 보여요?

그가 통풍구 바깥을 손으로 가리켰으나 순열 씨의 위치에서는 아무것도 보이지 않았다.

안 보이는데요.

참, 혼자 보기 아깝구나. 저 잎사귀들 좀 봐. 푸릇푸릇한 잎사귀들, 한창이구나. 며칠 사이에 저렇게 됐어.

중사는 자못 감상적인 투로 혼자 지껄이고는 통풍구의 창틀에 턱을 괸채 한참 동안 말없이 바깥만을 향하고 서 있었다. 이윽고 그가 외출을 끝내고 천명오의 어깨 위에서 시멘트 바닥으로 훌쩍 뛰어 내렸을 때는 중사의 얼굴에선 장난기는 사라지고 없었다. 2호의 동료들은 그가 자기의 집을, 자기의 마누라를, 그리고 그의 재소 중에 태어났다는 자기의 딸을 생각하고 있다는 걸 얼른 알아차렸다.

여보, 박 형, 박 형도 외출 한 번 하고 싶소?

땅에 내려선 중사가 말하자, 순열 씨는 얼핏 대답을 못하고 주춤거렸다. 그의 머리 속에서는 방금 그 푸릇푸릇한 잎사귀들이 맴을 돌고 있었다. 그는 중사가 떠들어 대는 소리로 해서 비로소 자기는 금년의 유월을 보지 못했다는 것을 깨달았고 그것을 깨닫자 갑자기 그 유월이 보고 싶어진 것이다. 그렇지만 중사의 제의에 놀라는 동료들의 시선과 마주쳤을 때 그는 곧 자기의 충동이 사치라는 걸 깨달았다. 그가 대답을 못하고 머뭇거리자 중사는 자기 쪽에서 선뜻 결정을 내렸다.

이봐, 천 하사, 선생님을 위해서 한 번 더 수고를 해야겠어.

이미 제 자리에 돌아와 평좌로 단정히 앉아 있던 천명오는 다시 벌떡 일어나 뒤쪽으로 뚜벅뚜벅 걸어 왔다.

하긴 나도 일 년이 넘도록 외출은 꿈도 못 꿨지.

중사는 불만을 감추고 묵묵히 앉아 있는 동료들의 굳어 버린 얼굴들을 어루만지듯 말하고는 이렇게 감방의 질서를 깨뜨려 보는 것도 일견 재미있는 일이라는 듯이 한참 혼자서 껄껄대고 웃었다. 천명오는 기계와 같은 동작으로 금방 아까와 같은 자세를 취했다. 벽에 등을 딱 붙이고 두 손에 힘을 모아 깍지를 끼운 그의 표정은 뜻밖의 사나이를 모신다는데 대한 불쾌감마저도 찾을 수 없었다. 그는 다만 중사를 위해서만 봉사해 왔었다. 그렇지만 이제 중사의 지시라면 상대가 누구이건 즐겁게 손깍지를 끼울 수 있다는 듯이 다만 그 큰 눈을 껌벅거리며 순열 씨가 오르기만을 기다렸다.

올라가시우, 나중엔 뒈지게 하고 싶어도 못할 때가 있으니까.

순열 씨는 가까스로 자기의 오른쪽 발을 하사의 손깍지에 올렸다. 몸을 올리느라 그의 손을 힘껏 밟으면서 그는 이 사나이가 별안간 그의 몸뚱이를 저 시멘트 바닥으로 동댕이질치지 않을까 하고 겁을 냈다. 하사의 새까맣고 우락부락한 얼굴은 언제고 그럴 수 있는 폭력을 감추고 있는 듯이 보였던 것이다.

중사가 곁에서 엉덩이를 힘껏 밀어올리는 바람에 순열 씨는 단숨에 하사의 어깨 위에 올라섰다. 그가 허리를 길게 펴자 천장 밑에 있던 통풍구가 그의 얼굴 앞에 다가왔다. 그는 통풍구의 창틀을 두 손으로 힘껏 부여잡고 얼굴을 바깥으로 내어밀었다.

뭐가 보입니까?

이때 밑에서 중사가 다시 호들갑을 떨기 시작했으나 순열 씨는 아무런 대답도 하지 못했다. 그는 비록 천 하사가 아주 튼튼하게 믿음직스럽게 밑에서 받들어 주고 있다고는 해도 우선 다리가 덜덜 떨리기 시작했고 그런 연유로 그의 시야도 몹시 불안했다. 푸릇푸릇한 잎사귀를 찾아보자 라고 그는 먼저 생각했다. 그의 코로 스며드는 유월의 공기는 확실히 상쾌했다. 그는 이윽고 푸릇푸릇한 포플러 나무의 잎사귀들이 유월 저녁나절의 햇빛에 반사되어 그 무수한 배때기들을 번쩍거리고 있는 것을 보았다. 저게 바로 벽을 사이에 두고 지척에 있었구나. 그는 혼자서 속으로 중얼거렸다. 그는 얼른 시야를 넓혀가기 시작했다. 포플러 나무들이 서 있는 부근에는 사령부

영내를 구분하는 철조망 바리케이드가 커다란 구렁이의 허물처럼 길게 펼쳐져 있었다. 그 바리케이드 건너에는 미군부대의 거대한 조달창들이 눈앞을 가로막을 듯이 널따란 지역을 차지하고 늘어서 있었다. 그는 얼른 조달창의 뾰족한 지붕 건너편으로 시선을 들어 그가 마지막으로 보고자 했던 대상을 찾았다.

선생, 무어 재미있는 게 있소?

중사가 밑에서 다시 물었지만 역시 순열 씨는 대답하지 못했다. 막상 그가 멀리 빨갛고 검은 기와지붕들이 오밀조밀 모여 있는 마을을 보았을 때 그는 더럭 겁이 났던 것이다. 그것은 어렸을 때 남의 집 담장을 기어올라가 몰래 뒤란을 훔쳐보고 있을 때 느끼던 불안과 흡사한 것이었다. 그는 이 불안 때문에 좀더 오래 그 마을의 정경을 지켜보지 못했다. 여전히 다리가 덜덜 떨렸고 그 떨림은 지금 철창 밖의 복도에서 근무자 중의 누군가가 그의 하반신을 노려볼는지도 모른다는 생각을, 그리고 그런 가능성 때문에 2호의 동료들이 불안하게 그의 거동을 지켜보리라는 생각을 새삼 불러일으켰다. 그는 어떤 힘에 이끌리듯 곧 바닥으로 내려서고 말았다.

그보쇼. 외출하고 나면 항상 그 모양이라니까.

순열 씨가 말없이 뒷구석의 자기 자리로 돌아가 앉자 중사가 말했다. 그는 방금 바닥에 내려온 순열 씨의 얼굴에서 역시 어두운 그늘을 발견한 것이다.

우린말요. 보지 않고 지내는 게 건강에 이롭단 말요. 내가 저 녀석들의 외출을 허락치 않는 것도 다 까닭이 있는 거요.

2호의 동료들은 그의 말을 수긍하는지 아니면 부정하는지 알 수 없는 표정으로 잠자코 앉아 있었다. 그들은 벽에 기대어 본다든가 허리를 펴고 평좌로 앉아 본다든가 그 어느 것에도 싫증이 난 듯 무릎을 세우고는 자라처럼 몸을 움츠리고 있었다.

저 새끼들은 되게 참지 못하는군.

중사는 혼자서 지껄이고는 벌떡 일어나 철창 쪽으로 걸어갔다. 그는 철창문 바로 위에 꽂혀 있는 휴지통에서 《새 시대에 맞는 성경》 두 페이지를 꺼내 들고

2호 일명 소변.

하고 가볍게 소리쳤다. 그가 돌아서서 변소 앞으로 다가설 때 정철훈 하사는 얼른 자기 다리를 두 손으로 만지면서

드릴까?

하고 말했다.

있어?

네.

몇 마리나……?

두 마리뿐입니다.

겨우 고거야?

네.

애연가가 늘어나니까 조달이 큰 문제로군. 가만 있어. 이따 1호로 연락해 보자. 이번엔 난 참겠어.

그는 빈 손으로 그냥 변소 문을 열고 들어갔다. 소변을 보러 가면서도 휴지를 들고 가는 짓은 하나의 습관이었다. 변소에는 흡연자의 부주의로 담뱃재나 필터의 가닥이 남아 있을 가능성이 있기 때문에 그것을 치우기 위해서였다. 만약 그것을 미처 치우지 못한 사이에 갑자기 변소 검열을 받게 되면 그야말로 2호는 볼장 다 보기 때문이다.

중사가 변소 문을 열고 나오자 이번에는 순열 씨가 철창 앞으로 나아갔다. 그는 휴지통에서 《새로운 시대의 성경》 두 페이지를 꺼내 들었다. 《새로운 시대의 성경》이란 성경을 아주 간명하게 요약한 조그만 책자로 매우 열성적인 신흥교파의 선교부로부터 배부받은 것이었다. 그것을 그들은 읽기도 했지만 그 기간은 배부를 받은 뒤의 이삼 일에 불과했다. 이삼 일이 지나면 감방장은 휴지를 마련하기 위해 그 작은 책자들을 모두 뜯어서 네 겹으로 접으라는 지시를 내리지 않을 수 없었다.

휴지를 꺼내던 순열 씨는 철창 앞에 잠시 부동으로 섰다. 이런 때에는 반드시 근무자의 눈을 찾지 않으면 안 된다는 것을 그는 언젠가 배운 일이 있었다. 근무자가 지켜 보는 순간에 바로 신고하지 않는다면 그것은 신고로 인정되지 않는다는 것이다. 그는 열심히 근무자의 눈을 찾았으나 장 수병님과 교대한 이광일 수병님은 지금 7호 앞에서 7호의 누군가와 얘기하고 있었으므로 그는 주목을 도무지 받을 수가 없었다.

2호 일명 변소.

그는 얼떨결에 이렇게 소리치고 뒤로 돌아섰다. 그러자 그와 눈이 마주친 2호의 동료들이 모두 소리를 내지 않고 웃고 있었다. 단지 정철훈 하사만이 무언지 화가 난 얼굴로 그를 노려보았다.

여보, 변소가 뭐요?

잔뜩 부르튼 얼굴로 정 하사가 묻자, 순열 씨는 선 자리에서 그만 얼어붙고 말았다. 정 하사는 이제는 참을 수 없다는 듯이 마음껏 눈을 부라려 그의 앞에 서 있는 마르고 나이 든 사나이를 노려보았다. 그의 커다란 눈이 일단 상대를 노려보자, 이렇게 흉악하고 위압적인 얼굴이 된다는 걸 순열 씨도 처음 알았다. 그의 주름진 이마, 까만 눈썹 밑에 상대를 그만 태워버릴 듯이 타고 있는 커다란 눈, 그리고 노기로 부르튼 위아래 입술, 이것들이 만들어 내는 얼굴은 분명 호랑이의 상을 본뜻 것이었다.

왜요? 변소가 잘못 되었나요?

순열 씨는 자지러드는 목소리로 가까스로 반문했다.

이 새꺄, 가르쳐 드려. 소변이라고. 여보 그렇죠, 소변이죠?

이때 중사가 가로막고 나서서 정 하사의 다음 폭언을 제지했다.

몇 번이나 가르쳐 줬어요. 그런데도…….

또 가르쳐 드려, 이 새꺄.

2호 일명 소변, 아니면 대변 마음 꼴리는 대로 골라 하슈.

하사는 못 볼 것을 보았다는 듯이 혹은 못 참을 것을 참는다는 듯이 여전히 열기로 불을 뿜는 눈으로 사방을 한바탕 휘둘러 보고는 이내 고개를 숙여 버렸다.

그때서야 순열 씨는 돌아서서 철창 앞으로 다시 걸어갔다. 그는 하사에 대한 까닭 모를 두려움에 소변과 변소의 어휘마저 구분하지 못한 자기 의식에 대한 수치심이 겹치어 관자놀이가 뜨겁게 달아올랐다.

2호 일명 소변.

그는 기어나오는 목소리로 다시금 신고하고 천천히 변소로 들어갔다. 그의 뒷전에서 웃음과 조소를 참았던 자들이 쪼다, 무엇이라고 수군거리는 소리를 그는 들었다.

만일 엉터리 신고가 들키면 우리 모두 작살납니다.

그가 변소에서 나오자 중사가 정색을 하고 말했다.

선생은 그 가장 쉬운 걸 잊어먹나요?

글쎄요. 나도 모르겠군요.

아무튼 저놈에겐 조금 주의해 두쇼.

중사는 순열 씨 곁으로 바싹 다가 앉으면서 정철훈 하사를 손으로 가리켰다. 그들은 제일 상좌에 자리잡고 있었으므로 늘 가까이 앉아 있었다. 그런데 열을 지어 정좌나 평좌를 하는 때를 제외하고는 정철훈 하사는 늘 세번째 상좌를 사양했다. 그는 서열로 본다면 당연히 지금 순열 씨가 앉아 있는 중사의 옆자리에 앉아야 하는 것이다. 그런 그가 편히 쉬어나, 열을 짓지 않는 평좌 시간에는 세번째 상좌마저 사양하는 것은 아무래도 부자연스러워 보였다. 그는 거의 말석에 가까운 변소 문 바로 옆자리에 묵묵히 앉아 계속 머리를 떨어뜨리고 있었다.

저놈은 내 후계자가 될 게요. 그래서 지금부터 훈련을 조금씩 시키고 있죠.

그가 훈련을 시킨다는 것은 2호의 동료들이 정 하사에게 공포감을 느끼게 만드는 일련의 과정을 뜻하는 것이었다. 중사는 자주 자체 징벌의 하수를 정 하사에게 떠넘겼고, 때로는 정 하사 스스로 신찬을 벌하는 일도 많았다.

내가 걱정하는 건 그거요. 이십 일 이후면 나는 나가는데 그 때부터가 걱정이란 말요. 물론 내가 저놈에게 선생을 잘 보살 피라고 이르고 나가겠지만.

이때만은 중사도 정 하사가 듣지 않도록 적당히 소리를 낮추어 말했다. 그가 그답지 않게 정 하사에게 신경을 쓰고 있다

는 것, 그리고 그 까닭이 무엇이라는 것을 알자 순열 씨는 저
절로 웃음이 나왔다.

하여튼 나는 중사님께 감사하고 있어요. 하지만 내가 겁쟁
이일까봐 너무 걱정하지 마십시오. 나는 또 견디어 갈 겁니다.

물론 그러셔야지. 그렇고말고.

그는 너스레를 떨고 나서 다시 하던 말을 이어갔다.

내가 저놈을 지금 매우 학대하는 것 같지만, 그건 일부러 그
러는 거죠. 나는 사실 저놈을 매우 좋아하거든요. 저놈하곤 이
년 가까이 함께 지냈으니까 정이 들었죠. 생각해 보슈, 우린
모포 한 장 없이 이 바닥에서 한겨울을 함께 지냈거든요. 지금
은 호텔입니다. 작년 겨울만 해도 우린 서로 가랑이를 끼고 서
로의 체온으로 밤을 지샜거든요. 그래 난 저놈을 못내 사랑하
죠. 저놈은 틀림없이 일류 감방장이 될 게요.

중사의 목소리는 자기도 모르는 새 점점 커져서 2호의 누구
나 그의 말을 들을 수 있었다. 정철훈 하사는 중사가 자기 애
기를 하고 있다는 걸 깨닫자 세운 무릎 사이로 잔뜩 숙였던 머
리를 치켜들고 중사의 애기를 가만히 듣고 있었다. 듣고 있을
뿐만 아니라 그는 말하는 중사의 표정이며 손짓 발짓까지를
유심히 지켜보고 있는 것이다. 순열 씨는 그가 이따금 애기를
듣고 있는 자기 쪽도 흘끔흘끔 바라보고 있다는 걸 알았다. 그
의 눈길을 느낄 때마다 순열 씨는 왠지 자기 몸이 자꾸 움츠러

드는 듯한 기분에 빠졌다. 저 사나이는 중사의 후계자이다. 이제 중사가 그걸 공언했고 그리고 지금 저 사나이를 보면 확실히 후계자다운 기상이 엿보이는 것이다. 그는 마치 미구에 먹이 사냥을 나서기 위해 덩굴 속에 숨어서 잔뜩 움츠리고 기다리고 있는 맹수처럼 변소 문 옆자리에서 꿈쩍도 하지 않고 노려보고만 있을 뿐이었다.

선생, 당신은 저놈의 죄명을 들은 일 있소?

없어요.

그럴 게요. 저놈은 자기 신상에 관해서 아무에게나 말하지 않는 놈이죠. 지금까지 저놈하고 속을 털어 놓고 얘기한 건 나뿐일게요. 난 저놈의 항고 이유서까지 써 주었으니까. 그런데 저놈이 말요. 전도사에게 침을 뱉은 놈이요. 그 왜 있지 않소. 일요일이면 할렐루야하고 소리치면서 히틀러처럼 손을 번쩍 쳐들고 들어오는 복음교회의 앤경 낀 전도사 말요. 그 새끼가 저놈에게 다가와서

당신과 얘기하구 싶소. 하느님은 당신의 죄 따위는 죄라고 여기지도 않으니까 이 세상에는 당신 말고도 정말 큰 죄인이 얼마든지 있으니까 당신의 괴로움을 하느님께 얘기만 하면 당신은 죄에서 구원될 수 있다. 하느님은 여하한 범죄 자체보다도 속죄 않느냐, 그가 속죄하느냐 이걸 중히 여기신다.
하고 따라붙이며 유혹해 왔을 때 저놈이 그 앤경 낀 새끼에게

이 새꺄, 칵.

하고 침을 뱉고는

너두 결국은 도둑놈일 게고, 그러니까 도둑놈과는 말도 하기 싫다 라고 쏘아붙이고 만 거죠. 흐흐흐. 그러니까 저놈은 그 새끼가 이 세상에는 더 큰 죄인이, 진정한 죄인이 있다고 속임수를 쓰고 따리붙이려고 할 적에 거게 넘어가지 않은 거죠. 아무튼 저놈은 묘한 놈이 돼 나서 아무에게도 자기 신상에 관한 얘기는 안 해요.

이때 오른편 3호 쪽에서 쿵쿵 이쪽 벽을 치는 소리가 들려와 중사는 얘기를 멈췄다. 맨 앞에서 전령을 보던 오태봉이 잽싸게 철창 앞으로 나아갔고, 그는 이내 3호에게 건너오는 메시지를 받아들고 이 중사 앞으로 다가왔다.

근무자가 보지 않았어?

예, 광일이는 지금 6호에서 타작하고 있습니다.

오태봉은 두 손으로 방금 3호에서 전달되어 온 쪽지를 중사에게 내어 밀고는 부동자세로 서서 대답하고 있었다.

누가 맞나?

어제 온 신참입니다. 그 새끼 되게 작살나고 있습니다. 그 새끼가 이 수병에게 말대꾸를 한 거 같애요.

그 새기가 뭐라구 했어!

이 새끼 기름칠이구만.

오태봉은 결코 6호에서 벌어진 광경을 보았을 까닭은 없는
데 단지 자기의 상상을 적당히 각색해서 이광일 수병님과 그
의 주먹에 작살났다는 신참의 흉내를 열심히 내고 있었다.

그래 기름칠이요. 그러니까 어떻다는 거요?

오태봉은 뻣뻣하게 서서 중사에게 대어드는 시늉을 했다.
하, 이랬다는데요. 기름칠이라구 괄세 마라 이거지요.

그 새끼 배짱 한 번 좋았어.

변소 문 옆에 앉아 있던 정철훈 하사가 여전히 머리를 숙인
채 말했다.

"그 새끼 맞아야 되겠구만."

중사는 간단히 결론을 내렸고, 오태봉은 철창 쪽으로 돌아
갔다. 이때 어이쿠! 어이쿠! 하는 비명소리와 철창문이 흔들
리는 소리가 연거푸 들려왔고 이 새꺄, 뭐라구? 이 씨팔새끼
뭐라구? 하는 이광일 수병님의 노성도 들려왔다. 이 수병님은
말이 적은 대신 펀치가 비길 데 없이 세고, 그리고 일단 손을
대면 쉽게 끝나지 않는다는 것을 누구나 알고 있었으므로 6호
쪽에서 어이쿠! 어이쿠! 소리가 계속 들려와도 재소자들은 하
나도 놀라지 않았다.

한쪽에서 방금 3호에서 전달되어 온 메시지를 읽고 난 이
중사는 주먹으로 턱을 괴고 아주 난감한 표정으로 정철훈 하
사를 바라보았다.

어떻게 하지?

뭔데요?

정 하사가 묻자, 중사는 대답 대신 메시지를 하사에게 던졌다. 하사는 그것을 빠르게 읽고 역시 난감한 표정으로 중사를 건너다 보았다.

결정하시죠.

두 마리뿐이라고 그랬지?

네, 딱 두 마리.

대가리는 있나?

대가리도 세 개뿐입죠.

하사는 강아지와 대가리가 감추어져 있는 자기의 바른쪽 발목을 손으로 탁 쳐 보였다.

무어라고 썼어요?

순열 씨는 중사의 난처한 표정을 향해 말했다.

그거 좀 보여 드려, 그리고 볼펜과 종이를 내놔.

이윽고 결정을 내린 듯 중사는 하사에게 지시하고는 정 하사가 던져 주는 메시지를 받아 읽고 있는 순열 씨의 거동을 넌지시 지켜보았다.

—2호에게—

이 중사님

생략하옵고 국방부 고등군법 회의는 이십 일 경 있을 예정이라고 함. 본건 어제 감실에 다녀온 배 하사의 전달 사항임. 중사님의 행운을, 그리고 지난 번 문의사항에 대해서 우선 2호의 선생님은 죄명이 무엇이며 사회에서 하신 일은 무엇인지요? 죄명을 좀더 구체적으로 적어 보낼 것. 그렇지 않으면 형량을 추측키 곤란함. 2호의 선생님께 본인의 존경과 또한 만수무강의 기원을 아울러 전함. 소생 미흡하와 선생님의 존함은 일찍이 뵙지 못했으나 아침에 세수하실 때 선생님의 존안을 여러 차례 뵈온 일이 있음. 그리고 이 중사에게 우리들의 변함없는 의리와 우정을 위해 축배를 듭시다. 물론 소금 국물을 포도주로 알고 말입니다. 2호에는 지금 강아지의 여분이 있는가요?

지난 번 면회 때 ○八을 잡지 못한 죄의 대가로 오늘은 종일 굶었습니다. 여분이 있으시다면 우리들의 변함없는 우정을 위해 3호에게도 한 모금을 베풀어 주시기를. 즉각 회신 바람.

신종술 배상

—3호에서—

순열 씨는 3호의 데빡이 자기를 알고 있다는 것, 그리고 자기에게 상당히 관심을 가지고 있다는 데 우선 놀랐다.

호호히 놀랐죠?

이때 고개를 든 순열 씨의 곁으로 중사의 얼굴이 바짝 다가왔다.

그 녀석은 나와 절친해요. 이 신 중사로 말할 것 같으면 사령부 교도소의 최고 고참이죠. 내가 이놈에게 지난 번 메시지를 통해 선생의 형량이 어떻게 되겠나 물었죠. 이놈의 구형은 거의 하루도 틀리지 않으니까요. 그건 그렇구 의리니 만수무강이니 장황하게 늘어놓았지만 요점은 강아지 좀 달라 이거요. 흐흐 씨팔놈들. 여기서는 의리 찾다가 굶어 뒈지기 딱 알맞죠. 하여튼.

하고 중사는 정철훈 하사를 바라보았다.

강아지 한 마리와 대가리 한 개 꺼내 보내시겠어요?

할 수 없지. 우리도 아쉴 때 얻어 피웠으니까.

그는 정 하사가 마련해 준 종이와 볼펜을 가지고 엎드려서 3호에게 보낼 회신을 쓰기 시작했다. 정 하사는 철창 쪽에 등을 보이고 돌아앉아 바른쪽 발목의 목이 긴 군용 양말을 까내리고 있었다. 긴 양말을 신고 있는 그의 바른쪽 다리의 발목은 2호의 강아지와 대가리 조달창인 것이다. 이때 물론 철창 근처에서는 참새잡이와 전령이 철창 바깥 복도를 열심히 지켜보고 있었다.

선생, 당신은 이탈죄에다 항명죄까지 겹친다구 했죠?

쓰다 말고 중사가 물었다. 순열 씨는 고개를 끄덕였으나 이때만은 중사의 호의가 별로 달갑지 않았다. 그는 중사가 자기가 받을 형량에 대해 열심히 물어 주고 그리고 비록 벽 하나 사이로 지척에 있지만 아직 자기와는 일면식도 없는 3호의 데 빡까지 거기에 관심을 표시해 왔지만 막상 그 자신은 이상하게도 자기의 형량을 별로 알고 싶지 않았다. 그는 그 형량이 결코 짧지 않으리라는 정도는 예측이 되었지만 그것이 짧든 길든 지금으로서는 그냥 미궁에 덮어 두고 싶었다. 그러므로 그는 중사나 3호의 데빡이 자기의 형량에 관해 서로 의견을 교환하고 자주 표면에 드러내는 일이 그닥 달갑지 않았다.

이탈 기간이 정확히 얼마입니까?

이때 중사가 다시 물어왔으므로 그는 내뱉듯이 대답했다.

만 칠년이요.

중사는 순열 씨의 표정에는 아랑곳하지 않고 메시지를 열심히 써내려갔다. 서신용의 용지가 귀하기 때문에 겨우 손바닥만한 종이에 작은 글씨를 빽빽히 채우느라고 그는 펜을 쥔 손에 잔뜩 힘을 주고 있었다.

―3호에게―

신종술 중사님

보내 주신 글월 잘 받았음. 국방부 고등군재 소식은 본인이 가장 고대하던 소식이었음. 기다리자니 미치겠습니다. 신형, 정말 이십 일만 있으면 나가게 될 텐데 이렇게 미칠 것 같군요. 이십 일에 공판이 열린다는 것은 누구의 말인지, 감실에서 누구에게 들었는지 배 하사에게 다시 물어서 회신 바람. 신형 이해하쇼. 말하자면 기다리다 미친 놈이 된 격입니다. 불안해서, 여러 가지 불안에 시달려 미칠 지경임. 우선 이십 일에 공판이 꼭 열릴 것인지 그리고 공판이 열린다해도 그게 꼭 붙게 될 것인지. 그리고 붙는다고 해도 그 까마귀들이 나를 풀어 줄 것인지. 그리고 풀어 준대도 공판 당일에 풀어 주는 것인지. 아니면 장관 결재가 날 때까지 석 달 여섯 달 무작정 썩일 판일지. 이하 약함.

우리 선생님은 군무이탈 만 7년에 항명죄가 포함되어 있음. 항명건에 관해서는 본인이 발설을 고수하므로 더 밝혀드릴 수 없음. 만약 신형이 2호에 함께 있다면 우리 선생님의 삼삼하신 구라를 함께 누릴 수 있을 텐데 그렇게 못하는 게 신형을 위해 천추의 한이라고 생각됨.

우리들의 변함없는 의리와 사나이의 우정을 위해 건배하겠음. 불란서의 꼬냑은 방금 바닥이 났고 아쉰 대로 캔맥주라도 터뜨리겠소. A레이션에 있던 건포도로 안주를 삼고 말요. 참 그지아이 새끼들 전쟁터에 술안주까지 가지구 다니는 놈들 나 손 들었소. 신형. 다낭의 메디슨 클럽인가 맨손 클럽인가에서 실컷 마시던 밤이 생각남. 그게 마지막이었으니까. 그날로 난 찌그러진 거요. 2호에도 강아지가 바닥날 참이요. 두 마리 중에서 한 마리 보내 드림. 우리들의 변함없는 우정을 강아지 한 마리로 보내 드리는 괴로움, 이루 말할 수 없소.

추신. 총장이 아까부터 7호와 5호에만 자꾸 따리붙이는데, 총장이 강아지 한 섬 수입잡았다는 정보를 방금 입수했소. 우리도 나누어 피우자고 하슈. 2호는 몰라도 3호는 외면하지 못할게요. 사령부 호텔 최고 고참을 외면했다면 총장 그 새끼도 내 손에 작살날 게요. 모레는 우리도 ○八을 칠 거라구 하슈. 우리도 나누어 피자구.

이창달 배상

−2호에서−

메시지를 쓰느라고 한참이나 땀흘리며 엎드려 끙끙거리던 중사는 가까스로 끝을 맺고는 허리를 폈다.

"이거 전해라."

그는 종이를 정철훈 하사에게 건네 주었고 하사는 그것을 받아서 그것으로 방금 자기의 양말 섶에서 꺼낸 한 대의 강아지와 한 개의 대기리를 조심스레 쌌다. 정 하사는 메시지를 손수 전할 참인지 일어서서 3호쪽의 벽가로 비켜섰다.

주십쇼. 일루.

전령을 보고 있던 오태봉이 손을 내밀었으나 하사는 손을 저었다.

비켜.

정철훈 하사는 주먹으로 3호쪽 벽을 두어 번 두드렸다. 두꺼운 콘크리트 벽은 하사의 주먹이 아무리 세다고 해도 꿈쩍도 하지 않았으나 다만 쿵쿵 하고 낮은 소리로 울렸다. 그것은 간다, 받아라 하는 신호였다.

오태봉이 비켜선 자리로 정 하사는 조심조심 다가섰다. 전령을 제쳐놓고 손수 벽을 따라 철창 쪽으로 조심조심 다가가는 하사의 이 태도는 나는 결코 실수하지 않는다, 위험한 일은 이제부터 내가 도맡겠다라고 그가 웅변이라도 하는 것처럼 매우 믿음직스럽게 보였다.

하사의 재빠른 솜씨로 메시지는 순식간에 전달되었다. 그는 일을 마치고 돌아서면서 그 두꺼운 입술에 싱그레 미소를 지어 보였다. 그것은 그가 근무자에게 발각되지 않고 메시지를 무사히 전달했다는 증거였다. 그는 쉽사리 해치웠다라고 뽐내는 듯 벌쭉벌쭉 웃으면서 느긋한 걸음으로 이쪽으로 다가왔다.

이 새꺄, 웃지마.

이때 능글맞게 웃으며 다가오는 정 하사에게 중사는 화를 벌컥 냈다. 하사는 흠칫 놀라 그 자리에 멈춰 섰고 사나운 얼굴에서 재롱을 떠는 듯한 웃음은 싹 가시었다.

넌 이 새꺄 썩었어.

중사는 다시 영문 모를 욕지거리를 정철훈에게 내뱉었다.

정철훈은 금방 자기가 실수했다는 걸 깨달은 것 같았다. 그가
자기의 능글맞은 웃음을 중사에게 보였고, 또 중사가 보는 앞
에서 여유 작작하게 걸어왔던 것은 확실히 그의 실수였다. 2
호에서 다른 놈은 그 따위 웃음이나 걸음새를 흉내낼 수 없는
것이다. 그런데 요사이 와서 그는 가끔 착각을 일으킬 때가 있
었다. 이를테면 적어도 2호에서는 자기 거동을 지켜보는 눈이
없으리라는 것이다. 하지만 중사의 일갈로 그는 정신이 번쩍
들었고 아직도 2호에는 그 눈이 있다는 걸 깨달았다. 그는 꿀
먹은 벙어리처럼 시무룩한 얼굴로 변소 쪽으로 어슬렁어슬렁
걸어가 변소문 옆에 쭈그리고 앉았다.

저 새끼도 이제 돌았다구.

이 중사는 아직도 화가 덜 풀린 듯 찌푸린 얼굴로 혼자서 지
껄였다. 그는 예의 그 늑대의 옆눈길로 잠시 동안 정철훈을 노
려보더니 이내 히히 흐흐 하고 웃기 시작했다.

하긴 미친 척하고 사는 기라, 하지만 저 새끼 웃는 거는 불
쾌하단 말야. 뭐이 좋다구. 쓸개 빠진 새끼, 난 너 이 새끼 웃
는 까닭을 알고 있다구. 내 나가면 왕이 된다 이거지?

중사는 늑대 눈이 그를 노려보았지만 정철훈은 세운 다리
사이에 머리를 깊이 처박은 채 잠자코 있었다.

선생.

중사는 시선을 갑자기 순열 씨에게 돌리고 가만히 말했다.

저놈의 형기를 아우? 모르죠? 저놈은 원래 무기징역이었죠.

무기징역이 뭐요?

하고 순열 씨는 자기도 모르게 반문했다. 그는 순간 하사의 형기가 무기라는 사실보다도 그 어휘가 주는 엄청난 파문에 놀라 어리둥절하고 말았다.

그러면 무기징역이란 말이요.

그렇죠. 무기였죠. 하지만 지금은 무기는 아니죠. 원래 무기였다 이겁니다

그럼 지금은 어떻게 됐죠?

월남 현지 재판에서 무기를 받았지만 여기 압송된 뒤에 이심에서 십사 년으로 감형된 거요. 지금 또 상고중이지만 벌써 기각된 일이 있으니까 이번에도 결과는 뻔하죠. 씨팔 십사 년이면 말이 십사 년이지, 좆도 완전히 찌그러진 거요.

저 사람 죄명이 무언데요?

양민 학살입니다. 저 새낀 사람 많이 죽였다우. 3호의 배 하사 새끼도 사람을 죽이고 들어온 놈이지만 그건 그래도 다섯이고, 이놈은 수백 명을 무더기로 깐 거요. 저놈 눈을 보면 핏발이 서 있는 게 조금 다른 데가 있어요. 사람 죽인 놈 눈은 확실히 다릅니다. 이따가 선생도 저놈 눈을 자세히 보슈. 저놈이 쏘아보면 나도 섬뜩할 때가 있다니까. 씨팔놈.

정철훈은 중사가 자기 얘기를 하고 있다는 걸 알면서도 섬

불리 말참견을 하지 않았다. 물론 한 마디 무어라고 반론을 제기한다해도 이 중사에게서는 본전도 찾지 못한다는 걸 그는 잘 알고 있었다. 그는 다만 기다린다, 무엇인가 눈에 뵈지 않고 쉽사리 손에 잡히지도 않는 그 무엇을 기다린다는 태도로 잠자코 앉아 있었다. 그는 세운 다리 사이에 얼굴을 깊이 처박고 쭈그리고 앉아 있으므로 이쪽에서는 그의 사나운 이마, 굵다란 주름투성이 이마 밖에 보이지 않았다. 그리고 일단 정철훈이 침묵으로 들어갔을 때 그 주름투성이 이마는 더욱 포악하고 완고하게 보이는 것이다.

이때 순열 씨는 약간 놀란 눈길로 하사의 완고한 이마를 바라보았다. 저 사나이가 무기수였다고? 저 튼튼하고 배짱 좋은 사나이가. 그는 그게 쉽사리 믿어지지 않아 속으로 혼자서 반문했다. 그는 마치 이 중사에게, 아니 그보다는 정철훈에게 단단히 속아 넘어간 기분이었다. 그가 보기에는 적어도 정철훈은 튼튼하고 즐거운 사나이였다. 그는 하치 않은 일로도 자주 혼자서 벙쭉벙쭉 웃기를 잘 했고 이따금 신바람이 나서 춤추는 듯한 걸음걸이로 걸어다녔다. 그 때문에 이 중사에게 자주 쿠사리를 당했었지만. 그런데 그 만만한 배짱이나 패기는 어디서 연유하는 것일까. 순열 씨는 그의 형기에 놀라고 있는 것이 아니었고 그가 일단 무기수였다는 것을 알고 난 지금 남을 조롱하고 싶은 충동이 없이는 그럴 수 없는 그의 느긋한 걸음

걸이, 능글맞은 웃음 따위에 놀라고 있었다.

그런데 선생, 저놈 얘기가 웃기는 겁니다.

중사는 혼자서 헤헤거리며 웃다가 갑자기 순열 씨에게 다가들었다. 웃느라고 마음껏 크게 벌려진 중사의 입이 순열 씨의 코 앞으로 다가들자 하마의 이빨처럼 길고 꼴사나운 중사의 뻐드렁니가 훤히 드러났고, 그의 입에서는 노리끼한 악취가 물씬 풍겨 나왔다.

저놈은 말요. 글쎄 월남에서 재판받을 때 얘긴데, 저놈 말이 재판받기 전에 굉장히 혼났다 이거요. 왜 그랬느냐 하면 자기는 갈데없이 사형인 줄 알았다 이겁니다. 월남 민간인들이 떠들고 월남 정부에서도 옵서버가 나와서 압력을 가하는 판이니까 이건 사형이구나, 난 죽었다, 하하 난 틀림없이 죽었구나 하고 눈 딱 감아 버렸다 이거요. 그러고는 막상 땅 하고 판결 떨어지는데 이건 웬 떡이냐? 무기더라 이거요. 그래서 정말 무기일까. 정말 살아난 것일까. 믿어지지 않아서 지 허벅다리 살을 꼬집어 보고는 사실이길래 벌떡 일어나서 만세 했다 이겁니다. 하하, 좆새끼, 만세는 무에가 만세냐, 무슨 갈보년 거기 썩어 문드러진 만세냐, 내 말은 이겁니다. 그랬더니 저놈 말이 무기였으니까 만세 했다 이겁니다. 흐흐흐 히히 선생. 이게 말이 되는가요? 무기니까 만세 했다. 무기니까 만세.

글쎄요. 그럴 수도 있겠죠.

순열 씨는 정철훈의 눈치를 보면서 조심스럽게 말했다.

그래요? 그러니까 똥치보다는 갈보가 낫다 이건가요? 저 새끼 배짱 한 번 좋았어.

멀어져 갔던 발자국 소리가 점점 가까워지자, 2호에서는 여기저기 힘쓰는 소리가 들렸다. 군화 발자국 소리는 시계추 소리처럼 아주 규칙적으로 들렸기 때문에 그들은 조 수병님이 지금 몇 호 앞을 가고 있다, 자기 호에 얼마쯤 가까이 와 있다는 것을 눈으로 보듯 빤히 알 수 있었다. 그들은 또 조 수병님의 걸음걸이가 그 육중한 체중 때문에 매우 느리고 그의 입이 무거운 대신 그의 펀치가 매우 폭발적이라는 것도 잘 알고 있었다. 근무자들은 누구나 자기 특징을 가지고 있었고 특징이 없는 자는 특징이 없는 근무자로서 위신이나 권위가 전혀 서지 않지 않기 때문에 다시 말하면 죄수 새끼들이 전혀 알아주지를 않기 때문에 자기 특징을 만들려고 안간힘을 쓰는 것인데 조 수병님의 특징은 바로 이 느린 걸음과 무거운 입, 그리고 무엇보다 그 폭발적인 펀치에 있었다. 그러니까 그의 완만한 평소의 동작이나 무거운 입은 다만 그 강력한 펀치라는 특징을 한층 두드러지게 해 주는 부차적인 특징에 불과한 것이다.

그는 별다른 이상을 발견하지 않는 한 1호에서 7호까지의 반원형의 복도를 계속해서 걸어다녔다. 매우 느린 걸음걸이로. 이것이 그가 근무 시간에 하는 일의 전부였다. 그는 특별한 반역이 눈에 뜨이지 않는 한 한 마디도 지껄이지 않는다.

조 수병님의 발걸음 소리가 가까워지자, 뻗어 뻗어.

라고 중사가 말했다. 그의 말소리는 여느 때와는 달리 숨이 차고 기운 없게 들렸다. 그도 그럴 것이 중사도 지금 벽에 의지해서 거꾸로 서 있었던 것이다. 그러나 중사의 지시가 떨어지기 전에 2호 동료들은 이미 가까워 오는 군화소리를 들었고, 다리를 뻗기 위해 안간힘을 쓰고 있었다. 하지만 벽에 기댄 다리는 자꾸만 비틀거렸고 다리를 반듯이 세우기 위해 다리에 힘을 쓰면 쓸수록 다리는 점점 더 무거워만 갔다. 그렇지만 조 수병님이 2호 앞에 다가섰을 때는 그들은 용케도 흔들리지 않고 잘 버티어 냈다. 이 순간만 버티자, 조 수병님이 2호를 지나 1호 쪽으로 건너갈 때까지만 잘 버티자. 그들은 모두 조 수병님의 그 강력한 펀치를 생각하면서 이렇게 스스로를 채찍질했다.

조 수병님이 2호 앞을 일단 지나가 버리자 2호 사람들은 다리에 힘을 빼고 편한 자세로 바꾸었다. 그들은 다리를 적당히 구부리고 벽에 최대한으로 의지해서 자기들의 힘을 덜 소모하는 방법을 알고 있었다.

이때 순열 씨는 자기 체중을 지탱하고 있는 팔에 심한 경련을 일으키고 있었다. 뿐만 아니라 그의 눈 앞에는 지금 단조로운 시멘트 바닥과 시멘트의 벽이 팔랑개비 모양으로 빙글빙글 돌아가고 있었다. 벼찌 붙어, 벼찌 붙어는 내게는 벅차구나. 그는 그걸 인정하지 않을 수 없었다. 그는 확실히 아직 거꾸로 서는 자세에는 숙달되지 못한 것이다. 그렇지만 그는 몹시도 경련하는 자기 팔이 매우 부끄러웠다. 이 팔은 지금 자기의 체중을 지탱하지 못하고 있다. 그게 그는 매우 부끄러웠다. 그는 이런 자세가 이렇게 벽을 향해 거꾸로 서서 버티는 자세가 어떤 시대에 어떤 경우에 반드시 필요한 자세인가를 생각할 겨를도 없이 다만 지금 자기 체중을 지탱하지 못하는 자기 팔이 매우 부끄러울 뿐이었다.

그는 자기 시야에서 빙글빙글 맴돌고 있는 바닥과 벽을 똑바로 붙잡으려고 충혈된 눈을 부릅떴다. 하지만 시야의 사물들은 그의 시선에 쉽게 붙잡히지 않고 여전히 빙글빙글 맴돌았다. 그는 마치 그 표정 없는 바닥과 벽에게 우롱당하는 기분이었다. 그것들은 지금 그의 거꾸로 선 자세를 비웃고 그의 충혈된 눈을 우롱하는지도 몰랐다. 그는 현기증이 일어났고 몸의 중심을 잡기가 더욱 힘들었다. 그는 눈을 감아 버렸다.

씨팔 이십 일이다. 이십 일.

갑자기 중사가 침묵을 깨고 내뱉었다. 그가 이십 일이라고 말하는 것은 이십 일만 기다리면 자기는 출감하게 되고 따라서 이 벼찌 붙어라는 고역도 면하게 된다는 이야기였다. 그는 매우 헐떡거리고 있었지만 그의 소리는 힘껏 부르짖는 절규였다. 그는 벌겋게 상기된 얼굴로 시멘트 바닥을 노려보며 절규했고, 그리고는 다시 숨을 헐떡거리기 시작했다. 이때만은 데빡도 누구를 탓하거나 원망할 수 없는 처지였다. 다만 그가 지금 원망하는 것은 시간인 것이다. 그가 원망할 수 있는 것은 결국 시간뿐이었다.

조 수병님은 너그럽게도 시간을 잘 지켰다. 그는 삼십 분이 경과하자 곧 자기 근무시간의 첫번째 메뉴를 거둬들였다. 정좌, 평좌. 열중 쉿 따위의 몇 단계를 거쳐 편히 쉬어로 들어가자 2호 사람들은 모두 벽으로 기어들었다. 그들은 벽이 그립고 미더웠으며 그것이 방금 그들을 괴롭히는 형틀 노릇을 했다는 사실조차 잊어 버린 듯 거기에 마음껏 등을 기대고 편한 자세를 취했다.

선생, 그래서 어떻게 된 거요?

뭐가 말요?

순열 씨는 돌연한 중사의 질문에 어리둥절해져 반문했다. 그는 아직 숙달되지 않은 고역을 치르고 나서 피로에 지쳐 있었다.

그 대문을 열고 들어간 여자 말요. 그년을 결국 조졌소?

아, 아니오, 조진 게 아닙니다.

그럼 뭐요? 재미없게 됐구만.

중사는 실망했는지 잠시 시무룩한 표정으로 양쪽 벽을 따라 늘어 앉은 동료들을 휘둘러 보았다. 잠시 후에 그는 뭔가 떠오른 듯 눈을 깜박거리면서 순열 씨를 보았다.

그거는 고상한 얘긴가 본데, 나는 압니다. 선생이 얘기하는 걸 물론 나는 알죠. 나는 이래봬도 고등학교 출신이고, 이래봬도 나는 음악이라든지 문학, 거 왜 괴테의 로미오와 줄리엣 있지요? 아니 그게 아니고 내가 지금 틀리고 있죠? 그건 누가 썼죠? 그래 맞았다. 셰익스피어, 그 새끼 거물이야, 하여튼 학교 때는 그것도 읽었으니까, 난 선생의 얘길 알죠. 하지만 저 새끼들은 그렇게 얘기하면 김 팍 새는 거요. 그러니까 선생, 년을 조졌다고 얘기하슈. 조지지 않았더라두 조졌다고 하란 말요.

중사는 신이 나서 지껄인 뒤 순열 씨의 반응이 어떤가 하고 싯궂은 눈초리로 순열 씨의 얼굴을 유심히 바라보았다. 중사의 그 짓궂은 눈초리를 보자 순열 씨는 저절로 웃음이 나왔다. 그는 잠시 혼자서 생각한 뒤 중사를 향해 고개를 끄덕였다. 비록 중사가 낮은 어조로 말했지만 그의 제의는 지금 거의 강요에 가깝다는 것을 순열 씨는 이해했던 것이다.

그가 고개를 끄덕이자 이 중사는 만면에 미소를 가득 띠고 그의 넓적한 손바닥으로 순열 씨의 무르팍을 탁 쳤다.

당신은 센스가 있단 말야. 당신은 우리들을 이해하고 있어. 그래서 나도 당신이 좋다 이거야. 그가 말하지 않았지만 그가 순열 씨에 대해서 이렇게 생각하고 있다는 걸 순열 씨는 중사의 표정에서 읽을 수 있었다.

됐어 그럼 됐다구. 히히 흐흐.

그는 천하리만큼 멋대로 웃고는 손을 저어 동료들을 불렀다.

이 새끼들아, 그렇게 찌그러져 있지 말고 이쪽으로 오라구. 우리 선생님이 얘기를 하신다.

그의 말이 떨어지자 오태봉과 천명우 그리고 중대가리 신참들이 서로 눈치를 살펴가며 앉은뱅이 걸음으로 슬슬 뒤쪽으로 모여 들었다. 다가오는 그들의 표정은 무슨 비밀의 절도에나 가담하는 것처럼 하나같이 의미심장 했는데 그것은 변소 문 옆에 앉아 있는 정철훈이 아직 꿈쩍도 하지 않고 있었기 때문이었다. 그들은 정철훈이 순열 씨의 이야기를 탐탁치 않게 여긴다는 것을 알고 있었고, 그리고 지금 정철훈의 노여움을 사둔다는 게 자신을 위해 별로 이롭지 못한 짓이라는 것도 알고 있었다. 하지만 그들은 결국 정철훈을 제외한 전원이 순열 씨와 중사를 에워싸고 모여 앉았다.

그런 뒤에 그 문은 다시 열리지 않았어요. 나는 그러니까 닭

쫓던 개 모양으로 맥이 풀린 거죠.

씨팔 내 같았으면 담을 뛰어넘는 거라.

이때 오태봉이 몹시 답답한 듯 거들고 나섰다. 그는 눈치코치 보지 않고 기분에 들떠서 팔을 휘둘러 댔다.

이 새꺄, 잠자코 듣지 못해? 괜히 무드 깨지 말라구.

중사의 일갈에 오태봉은 쑥 들어가 버렸다.

그래서 난 한참을 거기서 서성거린 거요. 신흥촌이라 마침 그 집 맞은편에 축대를 쌓아올린 공지가 있었는데 나는 이 공지의 축대 난간에 서서 행여 그 집 대문이 열리나 하고 기다렸죠. 그녀가 어쩌면 한 번쯤 다시 나올까 하고. 그때 그녀가 나와 본들 내게 무슨 뾰죽한 방법이 있었던 건 아니지만, 그때만 해도 아직 순진했으니까. 그런데 그 날 해가 질 때까지 축대 난간에서 기다렸지만 그녀는 얼씬도 안 했죠. 그래서 그 날은 허탕을 치고 그냥 돌아왔어요. 그 뒤로 내가 얼마 동안 그 공지의 축대 난간에서 배회한 줄 알아요? 반 년을 매일 쫓아 다녔어요. 지녁 니절이면 으레껏 출근하듯이 그 신흥촌 언덕배기로 올라가서 그 공지에서 서성거렸단 말요.

왜 거기 가서 서성거렸느냐, 왜 매일 그랬느냐 하면 그 공지의 축대 난간에서는 그 집의 안뜰이 건너다 뵈었거든요. 이층 집인데 앞마당에 나무가 너무 많아서 저녁 무렵 그 집 사람들이 마당에서 오락가락 하는 모습을 보려고 해도 나무 잎사귀에 가려서 잘 보이지 않았어요. 그래도 나는 그 나무 사이로 그녀가 행여 어느 때나 보일까, 그녀의 모습이 보일까 하고 열심히 기다리면서 눈을 두리번거렸죠. 그런데도 그녀는 내 시야에는 얼씬도 안 했소. 그러니까 혹 그 집 마당에 그녀가 나타났다구 해도 그놈의 빌어먹을 나무 잎사귀에 가리어 보이지 않았을는지 모르죠. 아마 그랬겠죠. 그러니까 그놈의 나무들이 나를 얼마나 초조하게 만들었는지 몰라요. 하여튼 나는 반년 동안 그 공지에서 서성거렸지만 그녀를 한 번도 볼 수 없었어요.

순열 씨는 잠깐 이야기를 멈추고 호흡을 가다듬었다. 그의 동료들은 귀가 좋지 않은 탓인지 혹은 순열 씨의 목소리가 작기 때문인지 어느덧 서로 무르팍이 겹치도록 가깝게 좁혀들었기 때문에 순열 씨는 약간 갑갑증을 느꼈다. 그들의 입에서는 역시 그 특유하게 노리끼한 악취가 새어나왔고 그들의 호흡이 가빠지자 그 악취는 더욱 순열 씨의 후각을 괴롭혔다. 그는 또 그의 주변에서 느껴지는 다소의 불안 때문에 이야기를 끌고나가는 데 매우 불편을 느꼈다. 그는 빠른 눈길로 철창 바깥 복도의 동정을 살폈고 건너편에 앉아 있는 정철훈의 동정을 살폈다. 그가 이야기하고 있다는 것, 그보다도 2호는 지금 난데없는 만담을 즐기고 있다는 것이 근무자에게 발견된다면 작살이 나지 않는다는 보장은 없었다. 게다가 지금 근무자는 입이 무거운 대신 폭발적인 펀치를 가진 조 수병이었다. 그는 반역이 발견되면 서슴지 않고 키를 따고 감방 안으로 들어온다.

정철훈은 벽쪽으로 비스듬히 돌아앉아 벽에 머리를 기대고 있었다. 그는 눈을 감고 있었고 이따금 그쪽에서는 코고는 소리까지 들렸다. 하지만 순열 씨는 그가 결코 자고 있지 않다는 것, 그의 태도는 자기 이야기를 거부하는 일종의 시위라는 것을 알았다.

그렇지만 이 중사는 눈치가 빠른 사나이였고 그는 아직 2호의 데빡이었다. 순열 씨는 그가 주먹으로 자기 허벅다리를 한바탕 문지르자 방금 스쳐간 한가닥 불안을 곧 잊어 버렸다.

그런데 이 반 년 동안에 그녀의 모습은 보지 못했지만 딱 한 번 그 여자의 소리, 말소리, 그게 그 여자의 말소리인지 확실하지는 않지만 아마 그 여자 소리였겠죠. 그 소릴 들은 일이 있어요. 어느 날 저녁 그러니까 여름 밤의 아홉 시 무렵인데 이미 주위가 어두워져 눈 앞으로 십 미터도 잘 보이지 않을 때죠. 비가 부슬부슬 내리고 있었는데 그 날 나는 유독 늦게까지 그 공지에 서 있었죠. 이제는 기다리는 데 만성이 되어서 이미 내 마음에서는 그 여자를, 여름 대낮에 잠깐 스쳐 본, 그것도 반 년 전에 딱 한 번 본 그 여자 얼굴을 잊어 버리고 있었는지도 모르죠. 그러니까 난 그 여잘 기다리는 게 아니고 이제는 그 여자를 기다리는 내 마음을 기다리고 있었는지 모르죠. 그러니까 그 여자 자체는 까마득히 잊어 버리고 있었다 이겁니다.

그러니 어두운 공지에 서서 그냥 우두커니 역시 어두운 건너편 집 정원을 지켜보는 참이었죠. 그건 누가 나타나기를 기다린 게 아니고 그냥 습관이었다 이겁니다.

그런데 갑자기 그 마당 쪽에서 말소리가 들려왔어요.

아주 부드러운 처녀 목소리로

아줌마, 비가 와요, 빨래를 걷어야죠.

그리고는 조금 걸걸한 여자 목소리로

어마, 나좀 봐. 깜박 잊어 버리고 있었네.

그리고는 두 사람의 신발 끄는 소리가 들려오고 이어서 그 처녀의 목소리가 다시

내 수건은 어디 있어요? 어디?

그리고는 바쁘게 신발 끄는 소리가 나더니 곧 조용해져 버렸어요. 어두운데다 그 나무들 때문에 아무것도 보이지는 않았지만 나는 귀를 바짝 기울이고 그 소리를 들었고, 그리고는 있구나! 거기 있었구나 하고 속으로 부르짖었죠. 왜냐하면 내가 잊어 버렸던 것이 하두 오래 나타나지 않으니까 거기 없을는지도 모른다, 혹은 그 여자는 거기 살지 않을는지도 모른다 하고 거의 잊어버린 사람의 목소리를 들었으니까 그렇게 부르짖은 거죠.

일단 그 여자가 그 집에 있다. 그 동안에도 있었다. 내가 비록 볼 수는 없었지만 틀림없이 거기 있었다는 것을 알고 나자, 그 목소리가 그 여자 목소리라는 걸 어떻게 믿느냐고요? 나는 육감으로 알았죠. 우유빛 소리, 소리에 빛깔이 있는 것은 아니지만 이를테면 희뿌연 우유빛 소리인데다 보통 듣기 힘든 맑고 수줍어 하는 것 같은 한 마디 한 마디가 가락에 맞추듯 조심조심 울려 나오는 걸로 보아, 그 여자의 살빛이 희뿌연 우유빛이었으니까. 그리고 그 여자는 처녀였고, 그 집에서 그렇게 곱다란 말소릴 가진 처녀란 그녀밖에는 없을 것이므로 그 목소리는 틀림없이 그 여자의 것이라고 믿은 거죠. 나는 육감으로 알았어요.

하여튼 그 여자가 이때까지 그 집에 있었던 것이다라고 생각하게 되자 나는 공지에서 하릴없이 서성거리며 보내 버린 반 년의 시간이 허망스럽기 짝이 없었다는 것, 그리고 그렇게 보내지 않을 수 없었던 자기 자신의 태도를 비판하지 않을 수 없었죠. 그렇게 거기 서서 시간을 보내며 기다린다. 자기가 갖고 싶은 것은 바로 지척에 있으나 그것은 저절로 다가오거나 저절로 얻어지는 것은 아닌데 한 번도 거게 손을 뻗어 보지 않고 그냥 기다린다. 그냥 망연히 기다린다는 것은 대관절 무슨 의미가 있는 것이냐. 나는 존재란 획득하는 과정이라는 걸 일찍부터 알고는 있었죠. 다시 말하면 살아간다는 것은 자기가 갖고 싶은 것을 탐내고 그 새로운 것을 얻기 위해 계획하고 노력하는 그런 과정이라는 것을 알고는 있었다 이거죠. 하지만 나는 탐을 낸 일은 있지만 아무것도 노력하지 않았던 겁니다. 말하자면 우두커니 서서 막연히 기다린 나머지 이윽고는 일찍이 탐냈던 것이 무엇이었던가 그게 한 번 본 일은 있지만 어떻게 생겼던가조차도 잊어 버리고 있었던 참이죠.

그런데 문제는 이겁니다. 노력해야 얻을 수 있다. 이 정도는 알고 있던 내가 왜 노력하지 않았던가, 왜 서서 기다리고만 있었던가 이겁니다.

솔직히 말해서 나는 자신이 없었죠. 어떤 대상이 자기가 갖고 싶은 대상이 막상 나타나도 거기에 접근하기가 두렵고 겁만 앞선 겁니다. 왜냐하면 접근해서 좀더 구체적으로 방법을 모색하고 노력해 봐도 결국은 별 수 없다. 결코 되지는 않을 거다. 왜 되지 않는가, 어째서 좌절되고 말 것인가. 그렇게 될 만한 무슨 필연적인 곡절이라도 내게는 있는가를 따져 볼 겨를도 없이 그냥 지레 겁을 먹고 그 대상에서 멀찌감치 떨어져서 있기만 하는 겁니다.

이윽고 나는 자기에게는 결코 성취되지 않는, 또는 획득되어지지 않는 어떤 필연적인 곡절이 정말 있을까 하고 생각하기 시작했죠. 그런데 곰곰이 생각해 보니까 확실히 곡절이, 필연적인 곡절이 있기는 있었는데 그것은 터무니없는 자각증세에 있었다 이겁니다.

아까도 말했지만 나는 병들어 있다. 그렇다고 몸에 별다른 이상이 있는 것도 아닌데 나는 틀림없이 어느 곳에 병이 들어 있다는 생각과 또 나는 누구보다 걱정이 많은 사나이다. 누구보다 불안하고 걱정이 많아 몹시도 거기에 시달리는 사나이다. 걱정이 많다는 것도 따져 보면 자기가 그만큼 무능하고 자기 내부에 그만큼 불가항력적인 요소가 잠재해 있다는 것을 자각하고 있는 증거이기 때문에 결국 병들었다는 거나 같은 얘기죠. 이 따위 생각들 때문에 자신을 잃고 있었다 이겁니다. 그런데 이 따위 증상이라는 게 어디서 연유했죠? 순전히 다른 사람들의 겉치레 인사말에서 그것도 막연한 추측으로 우연히 내게 던진 몇 마디 말.

요즘 어디 아프냐?

혹은

자넨 밤낮 무슨 걱정거리가 그다지도 많은가?

이 따위 몇 마디 말에서 연유했다 이겁니다. 그러니까 나는 다른 사람들의 단순한 몇 마디가 이윽고 나의 고정관념으로, 어쩔 수 없는 고정관념으로 되어 버리는 무서운 과정을 깨달았죠. 그것은 뭐냐하면 그들이 너무도 끊임없이 만나는 사람마다 하나같이 같은 말을 끊임없이 내 귀에 대고 지껄였기 때문이었죠. 나는 결국 그 고정관념을 깨뜨렸습니다.

제기랄 그러니까 그 고정관념은 조진다는 거요? 조지지 않겠다는 거요? 난 지금 똥창이 뻐근하다 이거요. 내가 그걸 꽉 막고 있으니 망정이지 살짝 열기만 하면 당신도 질식하고 말거요.

중사의 말에 주위에서는 키득거리며 웃어댔다. 한바탕 웃어댄 그들은 퍼뜩 정신이 들어 철창 밖을 바라보았다. 조 수병님의 발자국 소리가 7호 근처에서 들려왔지만 그들은 여태 그 발자국 소리를 잊고 있었다. 그들은 오늘은 시간이 빨리 흘러갔다고 생각했고 무엇보다 그들이 시간을 느끼지 못하는 사이에 시간이 빨리 흘러갔다고 생각하자 아주 기분이 유쾌했다.

순열 씨는 잠깐 입을 닫고 무엇인가 생각하고 있었다. 이때 그를 둘러싼 모든 사람들은 그의 닫혀 있는 입을 열심히 지켜보고 있었다. 그는 그들이 지금 기다린다는 것, 그리고 무엇을 기다린다는 것도 알았다. 그들의 눈길은 또 빨리 끝을 내라, 얘기가 너무 길어지면 재미없다고 말하고 있었다. 순열 씨는 그 여자를 조지는 장소를 찾고 있었다. 그는 곧 그것을 찾아냈다.

나는 말하자면 용기를 얻은 거죠. 나는 병들지도 않았다. 또 나는 특별히 걱정이 많은 사나이도 아닌 것이다. 이렇게 생각했고, 그리고 그 생각을 믿은 거죠. 나는 그래서 남자가 여자를 탐하고 그걸 갖기 위해 노력한다는 지극히 당연한 생각을 그제서야 지극히 당연하다고 인정하고 어느 날 그 오래 닫혀 있던 대문을 두드렸죠.

그는 잠깐 숨을 몰아쉬고 얘기를 계속했다.

알구 보니 그 여자는 바 걸이었어요. 놀라운 일이죠. 그녀는 내가 자기에게 반해서 자기를 찾아온 것을 지극히 당연하게 여겼죠. 그녀는 참 순진한 양반도 다 보겠네. 아무튼 놀러와요. 나 M동의 '홍접紅蝶'에 나가요. 여섯 시부터 2번을 찾으면 돼요.

이렇게 내게 말했어요. 그러니까 내가 공지에서 서성거리고 있을 때는 그녀는 바의 어두운 박스 속에서 술과 웃음과 간지러움을 파느라고 여념이 없었다 이겁니다. 다소 김이 샜지만 나는 결국 여기저기서 돈을 꾸어서 목돈을 만들어가지고 '홍접'의 2번을 찾아갔죠. 나는 그날 밤 그녀를 돈으로 산 겁니다.

끝난 거요?

순열 씨는 뒤로 조금 물러 앉으면서 중사에게 고개를 끄덕였다.

모여 앉았던 동료들은 라스트 신이 싱겁게 된 영화를 보고 나오는 관객들처럼 씁쓰레한 얼굴로 주춤주춤 제자리로 돌아갔다.

당신은 그년의 맛이 좋았다든지 나빴다든지에 대해서는 언급을 회피하는구먼. 너희들 상상에 맡긴다 이거지? 좋았어. 아무튼 선생 수고했수다. 야 정철훈.

중사는 한바탕 지껄이고는 갑자기 성이 난 사람처럼 언성을 높여 정철훈을 불렀다. 그는 자기 말마따나 지금 똥창이 터질 것 같아 초조한 데다 정철훈이 아직도 잠자는 시늉을 하고 있었으므로 더욱 다급했는지도 몰랐다.

중사의 부름에 정철훈은 퍼뜩 눈을 뜨고 중사를 향해 돌아 앉았다. 그는 손등으로 연방 눈을 비벼댔으나 그의 커다란 눈은 방금 자고 있었던 것 같지는 않았다.

선생에게 강아지 한 마리 드리라구.

중사의 지시에 정철훈은 깜짝 놀라 중사와 순열 씨를 번갈 아 쳐다보았다. 놀란 것은 정철훈만이 아니었다. 벽을 따라 앉 아 있던 오태봉이나 천명오, 그 밖의 신참들도 모두 놀란 얼굴 로 중사를 바라보았다.

한 마리밖에 없습니다, 중사님.

정철훈은 매우 조심스럽게 그러나 분명한 어조로 중사에게 말했다.

알구 있다구. 이 새꺄, 드리라면 드리는 거야. 말이 많아.

정철훈은 하는 수 없이 철창 쪽에 등을 대고 돌아앉아 그의 바른쪽 다리의 발목 근처를 더듬기 시작했다. 그는 하얗고 목 이 긴 군용 양말을 훌렁 까내리고 뚤뚤 말아진 조그만 종이 꾸러미를 양말 속에서 꺼냈다.

순열 씨는 중사의 제의를 선뜻 받아들이기가 몹시 거북했다. 그는 물론 오래 참고 견디었으므로 생각은 간절했지만 한 마리의 강아지를 맨 먼저 태운다는 것은 서열로 보아 너무나 무리라는 것을 알았다. 그는 정철훈이 반발한 것은 당연하다고 생각했다.

중사님 먼저 들어가시죠.

그는 중사를 돌아보며 계면쩍은 표정으로 첫번째 차례를 사양했다.

선생, 먼저 들어가쇼.

중사는 그의 사양을 한 마디로 일축했다.

난 말요, 2호 일명 똥 싸러 갑니다 이거요. 알겠어요? 쭈그리고 앉아서 꽁초나 먹겠다 이겁니다.

이렇게 말한 그는 순열 씨에게 재빨리 눈짓을 보냈다. 그것은 어물거리지 말고 빨리 들어가라, 여기서는 사양은 미덕이 되지 않는데고 말하고 있었다.

순열 씨는 엉거주춤 일어나서 정철훈에게 다가가 강아지와 대가리를 받아들었다. 그는 그것을 얼른 손아귀에 감추고 철창 앞으로 나아가 신고를 마친 다음 변소 문을 열고 변소로 들어갔다.

조그만 문은 그 외양과는 달리 매우 두껍고 무거웠다. 그 문이 일단 닫히자 바깥에서 일어나는 소리는 조금도 들리지 않았다. 물론 바깥이라야 여기서는 기껏 2호의 감방이나 철창 밖 복도 따위를 두고 하는 말이다.

변소 안에 들어간 순열 씨는 갑자기 마음이 평온해졌다. 그는 군화 발자국 소리, 욕지거리, 미친 듯이 킬킬대는 웃음소리, 취사당번들의 그릇 씻는 소리, 구타당하는 신음소리, 근무자의 위협하는 소리 따위의 소음으로부터 그의 청각을 보호해 준 조그만 문에 고마움을 느꼈다.

그는 불과 반 평도 못 되는 좁은 면적에서 가까스로 자리를 잡고 서서 벽에 비스듬히 등을 기대었다. 그는 쪼그라진 아리랑 한 개비를 조심스럽게 입에 물고 단 하나의 성냥알을 그어서 궐련 끝에 불을 붙였다. 이것은 2호에 남은 마지막 강아지였다라고 느끼자, 그는 새삼 그 첫번째 한 모금이 소중하게 여겨졌다. 더구나 이것은 노란띠였고 노란띠가 수입되는 것은 그다지 흔한 일은 아닌 것이다. 보통 총장이 수입해 주는 것은 필터가 없는 저질의 담배뿐이어서 노란띠나 흰띠를 구경하기는 힘들었다. 총장은 이따금 특히 ○八을 많이 잡아준 호에 보너스 격으로 노란띠나 흰띠를 한두 마리 섞어서 수입해 주는데 그것은 데빡이나 대단한 고참이 아니고서는 입에 댈 엄두도 내지 못했다.

순열 씨는 연기를 깊숙이 빨아들였다가 그것을 천장을 향해 천천히 내어 뿜었다. 연기는 넓고 얄따랗게 벽 위로 펼쳐지면서 천천히 어두컴컴한 천장으로 빨려 올라갔다. 그는 궐련을 손가락 사이에 끼우고 그것을 빨아들이고 연기를 다시 뿜어내는 일련의 동작을 통해서 비록 잠시나마 자기가 감금에서 해방된 듯한 착각에 빠졌다. 이토록 겹겹이 사슬로 묶인 우리의 가장 깊은 곳에서 잠시나마 이런 느낌을 갖는 것은 아주 야릇한 일이었다.

당신은 시를 쓰느냐고 중사는 말했고, 난 시를 쓸 줄 몰라요, 하고 순열 씨는 대답했다. 난 당신이 시를 쓸 줄 알았다구. 어쩐지 그렇게 보였어 하고 중사는 덧붙였다.

하지만 써 보슈. 당신은 쓰면 될 거야. 우린 생각은 많지만 대가리가 워낙 썩어나서 어림없다구. 종이하고 연필을 줄 테니까 한 번 써보슈. 심심풀이로.

난 시를 써 본 일이 없어요. 시는 여기도 많이 써 있는데요.

순열 씨는 손으로 시멘트 바닥과 벽을 가리켰다. 거기에는 쇠붙이 조각으로 시멘트를 파서 새긴 크고 작은 글자들이 여기저기 널려 있었다.

삶

1965. 3. 2. 대구 이길남.

삶

1967. 8. 11. 포항 박우범.

눈물의 3년

1968. 5. 30. 광주시 학동 이성우.

삶

제주시 김봉래.

배고파 미치겠다. 영자야.

1965. 9. 17. 삼천포 이건길.

이게 낙서지 시는 무슨 시요?

중사가 반문했다.

이거는 훌륭한 시죠. 이거 봐요, 삶. 이 한 자는 얼마나 많은
이야기를 압축한 것입니까? 이건 참 훌륭한 시입니다.

선생, 내 얘긴 이 따위 시 얘기가 아니고 선생이 그 말한 거
있지 않소? 변소에서 생각났다는 거 말요. 그걸 쓰면 진짜 시
가 되겠다 이거요. 한 번 써 보슈.

아, 알겠어요. 그러니까 내가 시를 쓸 수 있었다면 좋았겠
다, 하고 말했었죠. 내가 변소에서 느낀 것은 여기가 낙원이구

나 하는 거죠. 변소 문은 말요, 우리에게 출입이 허용된 유일한 문이고, 그리고 그 속에 들어가 있으면 이상하게 마음이 편안해지죠.

그렇긴 해요. 나도 그렇게 생각하거든, 그러니까 내가 시를 쓸 줄 알았다면 〈여기는 낙원〉이란 제목으로 하나 쓰겠다 이겁니다. 그렇지만, 히히, 당신은 재밌는 사람이야, 이 속에서 시는 무슨 시야? 하지만 재미있다구, 그 제목도 참 재미있고. 제목까지 잡아 놓았으면, 그러지 말고 써 보슈. 야. 정철훈, 선생께 편지 종이 한 장하고 연필을 갖다 드려.

그는 순열 씨의 의견을 듣지도 않고 멋대로 지시를 내렸다.

정철훈은 갑자기 중사가 미쳤나 하고 휘둥그래진 눈으로 중사를 바라보았지만 그는 거역하지 못하고 침구 곁으로 엉금엉금 기어갔다. 편지지나 연필 따위는 평소에 침구 속에 감춰 놓고 있었던 것이다. 잠시 동안 침구 속을 뒤지고 있던 정철훈은 그냥 빈 손으로 다시 돌아섰다.

종이는 있지만 연필은 총장이 가져갔습니다.

그 새긴 왜 자꾸 남의 것을 가져가지? 그 새끼더러 연필 돌려 달라구 해.

총장이 취침 전에 돌려 주겠다고 했습니다.

정철훈은 몹시 딱하다는 듯이 머리를 긁적거리며 제자리에 주저앉았다. 총장이 그렇게 말했다면 총장이 돌려줄 때까지 기다릴 수밖에 없었다. 누구보다 이 중사가 그걸 잘 알고 있었다.

씨팔 모처럼 시 구경 좀 할까 했더니!

그는 순열 씨에게 이따 쓰시오. 이따. 여기가 낙원이라구? 히히 그 제목 재미있구먼 하고 말했다.

순열 씨는 절반쯤 타들어가는 궐련의 매듭을 물끄러미 바라보고 있었다. 그에게 허용된 자기만의 시간은 바로 그 매듭까지였다. 그는 머리 속에 떠돌았던 잡념을 뿌리치듯 지워 버리고 한바탕 심호흡을 했다. 그는 다음 차례인 중사를 위해 불을 끄지 않은 채 남은 궐련 조각을 높은 벽에 파인 홈에 꽂아 놓고 변소를 나왔다.

난 이 새끼들이 요즘 발랑 까졌다는 걸 알고 있어. 오태봉 이 새꺄.

이죽거리며 웃고 있던 중사는 갑자기 뭔가 생각난 듯 얼굴을 잔뜩 찌푸리고 말했다. 방금 변소에서 흡연을 하고 나온 오태봉은 영문을 몰라 중사 앞에서 머뭇거리고 서 있었다.

천 하사 들어가.

그는 변소에서 타고 있을 담배를 생각하고 얼른 지시를 내린 다음 다시 오태봉을 노려보았다.

넌 새꺄 변소에서 뭘 꾸물거리는 거야, 너 공주를 범했지?

아닙니다.

오태봉은 황급하게 부인했다.

이 새끼, 범했으면 범했다고 해. 너 변소에서 지금 공주를 범했지?

아닙니다. 거긴 보지두 않았어요.

뭐야 이 새끼, 그렇다면 박어.

오태봉은 하는 수 없이 머리를 바닥에 꽂고 엉덩이를 높이 쳐들었다. 그는 몇 번 꼬꾸라질 듯 비틀거렸지만 곧 두 팔을 허리에 두르고 똑바로 박아 자세를 취했다.

이 새끼들은 내가 인심을 써도 몰라 준다구.

그는 아침에 총장이 백양 다섯 개비를 새로 구입해 주었기 때문에 오래 차례를 거른 동료들에게 고참순으로 인심을 쓰고 있었다. 그런데 오태봉은 변소에 너무 오래 머물러 있었다.

이 새끼 얼굴이 요즘 자꾸 노오래지는 게 수상썩지? 그지? 하고 중사는 정철훈에게 동의를 구했다. 정철훈은 빙그레 마주 보고 웃고는 낑낑거리는 오태봉을 향해 욕설을 퍼부었다.

이 새꺄 어따 대고 용두질야, 아직 피도 안 마른 새끼가 감히 데빡님의 애첩을 범해?

중사는 정철훈의 아첨에 마음이 흡족한 듯 금방 키들거리며 웃고 있었다.

이 새꺄, 난 공주님을 범했습니다. 죽여 주십쇼, 라고 해.

중사님, 정말 범하지 않았습니다.

끙끙거리면서도 오태봉은 완강히 부인했다.

뭐야, 이 새끼.

갑자기 화가 치민 이 중사는 그의 널따란 발바닥으로 오태봉의 머리통을 냅다 질렀다. 오태봉은 바닥으로 벌렁 넘어졌으나 그는 재빨리 몸을 일으키고 곧 똑바로 박아 자세를 취했다.

이 새꺄, 난 공주님을 범했습니다. 죽여 주십쇼, 라고 해.

난 공주님을…… 범했습니다. 죽여…… 주십쇼.

끙끙거리면서 오태봉은 간신히 복창했다. 그의 주근깨투성이인 얼굴은 충혈로 빨갛게 상기되어 있었다.

좋았어. 이번만은 내 용서한다. 오태봉 네 자리로 돌아가.

오태봉은 이 정도로 끝이 난 게 다행이라는 듯이 얼른 몸을 일으키고 헤죽헤죽 웃으며 벽 가로 비켜났다.

선생, 변소에 있는 내 마누라 보았수?

순열 씨에겐 얼핏 떠오르는 여자의 얼굴이 있었다. 그는 그녀가 비록 젊고 예쁘기는 하지만 창부처럼 천박하게 웃고 있다고 생각했다. 그렇게 생각하는 것은 그녀가 하필이면 변소문의 안쪽에서 괴로운 사나이들을 유혹하기 때문만은 아니었다. 그녀는 온몸을 발가벗고 꽃이 만개한 메밀밭을 헤치면서 이쪽으로 다가오고 있었다. 순열 씨는 잠자코 고개를 끄덕였다.

흥, 망측하게 생각 마슈, 그 왜 마누라와 오래 떨어져 있으면 현지 조달이라는 게 있지 않소? 말하자면 그런 거요.

중사님은 참 예쁜 '이것' 을 가지고 있군요.

순열 씨는 바른손의 새끼손가락을 세워 보이면서 웃었다.

히히히, 예쁘긴 확실히 예쁘죠? 내 본 마누라는 거기 비하면 똥치감밖에 안 돼요, 아차 실수, 난 몹쓸 놈이죠, 내 딸의 엄마에게 이게 무슨 말버릇이야.

이 중사는 자기 주먹을 들어 자기 입을 퍽 소리가 나도록 쳤다. 그는 어이쿠! 하고 비명을 지르면서 그 자리에 엎어져 한참 동안 죽은 듯이 있었다. 중사가 머리를 다시 들었을 때 그의 눈초리는 다시 사납게 돌변해 있었다.

넌 잡았어?

이때 마침 흡연을 마치고 나오는 신참에게 중사는 사나운 어조로 물었다. 유난히 머리통이 큰 이 신참은 불과 며칠 전에 두숙힌 기장 신참이었다. 그는 맨 마지막 차례로 변소를 다녀오는 길이었다.

뭡니까? 중사님.

신참은 영문을 몰라 몹시 난처한 얼굴로 반문했다.

뭐야, 이 새끼 이만큼 다가와 봐.

신참은 길들인 짐승처럼 순순히 중사 앞으로 다가섰다. 그러자 중사는 앉은 채 오른쪽 다리를 들어 이 건강한 짐승의 가슴을 힘껏 걷어찼다.

어이쿠 비명을 지르며 신참은 뒤로 벌렁 넘어졌고 중사는 무슨 대단히 화난 일이라도 있다는 듯 숨을 헐떡거리며 다시 일어서는 신참을 노려보았다.

뭡니까, 라구? 이 새끼 그 말버릇 한 번 좋았어. 이 새꺄 잡는 것도 몰라. 너 잡는 것을 깨우칠 때까지 거기 정좌하구 있어. 천명오 너 가서 잡고 와.

천명오는 벌떡 일어나서 휴지를 찾아들고 강아지를 잡기 위해 변소로 들어갔다.

정철훈 넌 이 새꺄, 어떻게 돼먹은 새끼가 감방 질서를 이 모양으로 해 놓았어? 넌 신참 교육을 시킨 거야? 난 너를 믿고 네게 일임했는데.

데빠님, 죄송합니다.

정철훈은 얼른 대답하고 일행을 한바탕 노려보았다.

이 새끼들, 난 한 방이면 없어. 난 중사님처럼 인정은 두지 않는다구.

그는 굳게 쥔 주먹을 허공에서 한 번 휘둘러 보였다. 그의 주먹은 그의 머리통만큼이나 커 보였고 그의 동작은 번개처럼 빨랐다.

이 새꺄, 허풍 좀 작작 떨라구.

중사는 이렇게 말했지만 순열 씨는 정철훈이 결코 허풍을 떨고 있지 않다는 것을 알고 있었다. 그는 며칠 전 정철훈이 신참 교육을 시키느라고 신참을 다루는 광경을 보았다. 정철훈은 앉은 채로 주먹과 다리를 능숙하게 휘둘렀고 그 솜씨는 오히려 중사보다 한층 흉포하고 잔인했다.

정철훈, 요즘 같아서는 내간 나간 뒤에 네놈이 잘 할까 걱정이야.

정색을 하고 중사가 말하자, 정철훈은 소리내지 않고 능글맞게 웃었다.

중사님, 염려 마십쇼. 사실 난 이 새끼들 숨통을 꽉 눌러놀 자신이 있죠. 삐딱하는 놈은 벌써 황천으로 날으는 겁니다.

정철훈은 중사의 염려가 한낱 기우에 불과하다는 듯이 자신만만하게 말했다.

이때 순열 씨는 정철훈이 즉위를 눈앞에 둔 황태자같이만 보였다.

그는 획실히 데빡의 출감을 어떤 면에서는 데빡 자신보다 더욱 고대하고 있었고 또 즉위에 대비해서 무엇인가 끊임없이 준비하고 벼르고 있었다.

당신은 이를테면 지금 황태자의 신분이군요.

순열 씨는 정철훈을 향해 그가 몹시도 부럽다는 어조로 말했다. 정철훈은 순열 씨를 힐끗 보았지만 별로 화가 난 것 같지는 않았다.

이 새꺄, 넌 출세했어. 네 따위 주제에 황태자가 다 뭐야? 넌 여기와서 출세했다구. 히히 흐 선생, 이 새끼가 황태자라면, 그럼 난 뭐요?

중사는 재미있어 못 견디겠다는 듯이 주먹으로 순열 씨의 허벅다리를 발작하듯이 문질러 댔다.

당신 이름은 따로 있어요. 당신은 네로야.

뭐라구? 네로? 흐흐 히.

당신 연기는 기가 막혀요. 중사님 〈쿼바디스〉란 영화를 봤소?

보았죠. 그건 옛날 영화죠? 내가 중학교 때 본 것 같으니까.

그래요. 난 그 영화를 보면서 네로의 연기에 몹시 감탄했죠. 그런데 지금 당신 연기는 그 놈을 능가해요.

순열 씨의 말에 중사는 또 다시 발작하듯 웃기 시작했다. 그는 웃을 뿐만 아니라 주먹으로 순열 씨의 허벅다리를 문지르고 두 다리를 발광하듯 흔들어 댔다. 그러다가 그는 갑자기 그 발광을 딱 멈추고 조그만 소리로 말했다.

선생, 사실 미친 척하구 사는 거요. 그렇지 않으면 벌써 진짜로 미쳤을 거요. ……사실 그 새끼가 권총만 빼지 않았대두 그 씨팔 새파란 소위 새끼가.

중사의 음성은 저절로 커지고 있었다.

누구 말인가요?

순열 씨는 그의 흥분되어 가는 얼굴을 향해 나지막히 물었다.

내가 그 새끼 땜에 씨팔 2년 반을 지금 여기서 썩는 거요. 씨팔 새끼가 새파란 소위 새끼가 상관이라구 나 더러워서. 그러니까 크리스마스날 저녁 때였죠. 다낭의 클럽에서 지금 5호에 있는 박 중사허구 꽁까이 하나씩 옆에 끼고 거나하게 마시는 참인데 그 새끼가 들어왔죠. 그 새낀 벌써 어디서 진탕 처마시고 오는 참이었다구. 이 새끼가 들어오더니 술도 안 마시고 다짜고짜 까이를 내놓으라구 하지 않소? 주인이 여자는 지금 없다, 여자는 지금 모두 손님에게 가 있다 하니까, 이 새끼가 다짜고짜 우리에게 와서 박 중사의 까이 어깨를 잡아당기는 거요. 하 씨팔 새끼. 쫄병 새끼들이 함부로 누구 앞에서 기분내느냐고 호통치면서 말요. 그래 박 중사가 한 대 친 거요. 그런데 그게 설맞았다 이거요. 박 중사 새낀 성질만 급했지 주먹은 약하기든. 이 새끼가 설맞아 노니까 길길이 날뛰지 뭐요. 씨팔 쫄병 뭐라고 연방 씨부렁거리면서. 술이 확 깨어 버렸죠. 내가 뭐 그때 경거망동한 줄 아슈? 난 그래도 참으면서 박 중사가 붙으려는 걸 말렸다 이거요. 그런데 싸움 말리는 참인데 어퍼컷이 훅 날아왔죠. 눈에서 불이 번쩍 하는데 정신 있을 게 뭐요? 참아서 남 주나 하지만 그때 참는 새낀 쌍말로 개 뭣에서 나온 새끼지, 에이 씨팔 나도 모르겠다 하고 한 방 보냈죠. 그걸 맞고 안 쓰러지고 배겨요? 그 새끼가, 그 새끼가 픽 나가 쓰러지는데 이건 뭐요? 보니까 권총을 빼들었지 않아요? 이 새낀 누운 채 몇 번 버르적거리더니 팡팡하고 공포 몇 방을 쏜 거요. 그러니까 그 소리 듣고 엠피가 와서 챈 거죠. 그 씨팔 권 총만 쏘지 않았대도 끄덕없는 건데.

야 정철훈, 강아지 하나두 없냐?

그는 강아지가 없는 줄 알면서도 입버릇처럼 물었다.

어제 저녁 다 떨어졌지 않습니까?

벽에 기대 앉았던 정철훈이 얼른 몸을 세우고 대답했다.

이 새꺄, 말 안 해도 알고 있다구. 이 새끼들 주지 않는군. 3 호에서도 소식이 없고— 아무튼 이제 찌그러졌으니까 할 말은 없다구.

정철훈은 몸을 반쯤 일으키고 안절부절이었다. 그는 강아지 가 없는 게 자기 책임이나 되는 것처럼 몹시 괴로운 눈초리로 데빡을 바라보았다.

3호로 연락을 해 볼까요?

관둬. 신종술은 있으면서 보내지 않을 놈은 아냐. 난 그놈 의리를 알아. 3호는 지금 2호에 없다는 걸 알지?

그렇죠.

그럼 기다려 보는 거야. 3호 아니면 총장이라도 한두 마리

쯤 갖다 주겠지. 총장 그 새끼도 양심이 있지. ○八을 며칠 걸
렀다구 설마 싹 씻겠나 이거야.

중사는 침구 곁으로 엉금엉금 기어가더니 벌렁 자빠져서 팔
베개를 했다.

우리 선생, 목이 타도 좀 참으슈.

그는 그 귀여운 웃음을 보내면서 순열 씨에게 말했다.

당신 그런데 고생하려구 강아지 귀신이구먼 그래. 당신 도
대체 사회에 있을 때 하루에 강아지 몇 섬씩이나 태웠수?

두 섬 정도 태웠죠.

허, 두 섬? 내 그럴 것 같았어요. 난 당신이 2호에 처음 들어
올 때, 흥 강아지 귀신이 들어오는군 이랬다구. 난 누가 새로
투숙해 오면 맨 첨 그것 먼저 보죠. 이 사람 강아지를 얼마나
태우나 하고 관상을 본다 이거요. 당신이 처음 들어올 땐 참
멋있었어. 머리 스타일이나 인상이 꼭 불란서 배우 같았다구.
지금은 찌그러졌지만.

"야, 정철훈, 넌 이 새꺄 넌 출세시켜 준 선생님께 고맙다구
인사나 드려. 만약 선생님이 아니었더라면 넌 네 신분도 모르
고 지냈을 거 아냐?"

정철훈은 잠시 동안 정색을 하고 묵묵히 생각에 잠기는 것
같았다. 그는 방금 명령을 받은 것과 그리고 거기에 따른 절대
권력을 곧 자기 손아귀에 쥐게 된다는 데 자못 감동한 것 같았

다. 그는 이내 싱글벙글 웃기 시작했고 그가 그렇게 얼굴에 가득 웃음을 띠는 것을 순열 씨는 처음 보았다.

중사님 말씀이 맞아요. 난 출세했죠. 난 월남에서 C레이션을 까먹고 지낼 때를 빼놓고는 지금이 제일 좋아요.

순열 씨는 깜짝 놀라 말하고 있는 정철훈의 얼굴을 빤히 쳐다보았다. 이 사나이는 지금 무어라고 말했는가. 그는 정철훈이 농담을 하지 않나 생각했지만 정철훈의 표정은 어느 때보다 진지했다.

군대 나가기 전엔 시장에서 구루마를 끌고 채소를 운반했죠. 그런데 하루종일 좆빠지게 왕십리에서 동대문까지, 동대문에서 청량리까지 뛰어다녔지만 돈벌이는커녕 굶고 지낼 때가 많았다 이겁니다. 그래서 월남으로 지원했죠. 씨팔 월남서는 한때 좋았죠. 한바탕 뛰고나면 먹을 것은 얼마든지 있었으니까.

하사님 그럼 당신은 먹기 위해서 월남에 갔다 이거요?

순열 씨는 부지중에 이렇게 물었다.

그래요. 배불리 좀 먹을까 하고 간 거요.

정철훈은 외치듯이 갑자기 사나워진 목소리로 대답했다.

그러니까 먹고 살려고 죽음의 곁으로 간 겁니까?

뭐요? 뭐 잘못된 게 있소? 그런 거는 얼마든지 있다구. 화장장이도 있고 묘지기도 있고, 난 비겁한 새끼들처럼 죽는 것은 무서워 않는다구.

정철훈은 눈을 부릅뜨고 순열 씨를 노려보았다.

이거 봐요, 당신은 전쟁에 나가 본 일 있소?

그가 퉁명스럽게 묻자, 순열 씨는 다소 당황했다. 그는 하사가 이렇게 묻는 의도를 알았다. 아니 하사는 벌써부터 순열 씨가 적을 죽여 보지 않았다는 사실을 알고 있을 것이었고 그것은 하사가 순열 씨를 경원하는 이유 중의 가장 큰 것이라는 것을 순열 씨가 어렴풋이 느껴왔던 것이다.

난 싸워 보지 않았소.

그렇다면 당신은 나에게 말할 자격도 없다구. 당신은 무어라고 떠들지만 내 귀엔 들어오지 않아. 난 까다로운 건 질색이야.

그는 자못 경멸조로 말하고 혼자서 느긋해진 표정으로 중사를 보았다.

중사님, 내 삼십 명 죽였단 얘기 할까요?

그는 신이 나서 중사의 대답도 듣지 않고 떠들어대기 시작했다.

난 총 들고 싸우러 나가면 재미가 나요. 질질 매고 꽁무니 빼는 새끼들은 이해가 안 간다 이거요. 그날 우리는 베트콩 포로를 무더기로 잡았죠. 소대장이 야 정철훈, 네가 처리해 이러잖아요. 소대장님 상부지시를 받았습니까? 하니까 이 새꺄 급한데 상부로 나발이고가 어딨어 이러잖아요. 하긴 우린 곧 다음 작전지역으로 이동하는 참이었고 포로 호송할 병력도 모자라는 판이었죠. 이 새끼들 삐딱하면 뺀다 이겁니다. 그래 내 분대를 데리고 그 새끼들을 구덩이 속에 넣어 놓고 수류탄을 몇 개 넣어 줬죠. 꽝 하더니 어깻죽지, 손가락, 대가리, 뭐가 뭔지 모르게 조그만 쪼가리들이 하늘로 막 날습디다. 그런데 구덩이에 안 들어가겠다고 앙탈한 여자 하나가 있었죠. 난 그걸 따로 떼어 놓았죠. 부하 어떤 놈에게 그건 네가 해치워 하니까 이 쪼다 새끼가 분대장님 전 못해요, 이러잖아요. 쪼다 같은 새끼, 하는 수 없이 내가 나섰죠. M16 참 무서워요, 그때 막 지급받은 참이었죠. 내가 이년을 겨누고 쏘는데 한 발 쏘았더니, 대가리가 이마 위쪽만 칼로 둥글게 쪼갠 듯이 날아가 버렸죠. 나는 M16을 처음 쓰던 때라 놀랐죠. 저러는 수도 있나 하고, 그래 그만 돌아설까 했죠. 그런데 이 여자가 눈만 남아 가지고 날 무섭게 노려 보잖아요. 날 무섭게 증오하는 눈초리로, 난 자기를 미워할 생각은 없었는데, 그래서 그 눈을 겨누고 한 방 더 쏘았죠. 이번엔 모가지까지 휙 날려 버렸죠.

이 새꺄 난 그 얘기 벌써 두번째 듣는 거야.

아니 갑자기 그 여자 눈이 생각나서 그랬죠, 난 미운 생각은 없는데 그 여자는 날 지독하게 쏘아보더라니까요.

그래 이 새꺄 넌 그 귀신들에게 맞아 줄을 거야 이제.

하하, 귀신이 주먹이 어딨어요? 귀신이 어딨어.

정철훈은 어처구니없는 듯 낄낄대고 웃었다.

난 이렇게 끄덕없이 살만 찌고 잘 지내는걸요.

이때 3호 쪽에서 쿵쿵 벽 치는 소리가 들려왔다. 팔베개를 하고 누워 있던 중사는 용수철에 튕기듯 벌떡 일어나 앉았다.

왔다, 받아라.

그러나 중사의 지시가 떨어지기 전에 오태봉은 벌써 3호와 맞붙은 철창가의 벽 모서리에 찰싹 붙어 있었다. 오태봉은 이내 종이에 싼 조그만 꾸러미를 손아귀에 감춰 들고 중사 앞으로 다가왔다.

있구나 있어.

중사는 갑자기 활기를 띤 목소리로 말했다. 그는 마치 수혈을 받은 환자처럼 표정이 밝아졌다. 하지만 그는 꾸러미를 자기가 받지 않고 정철훈에게 받으라고 손짓을 했다. 이때 그의 밝은 표정이 갑자기 경련하는 것을 순열 씨는 얼핏 보았다.

펴봐, 펴봐.

하고 중사는 조급한 소리로 정철훈에게 재촉했다.

꾸러미 속에서는 강아지 두 마리 대가리 두 개가 나왔다. 정철훈은 얼른 철창 쪽에 등을 대고 돌아앉아 그것을 자기 양말 속에 집어 넣은 다음 메시지를 읽기 시작했다.

ㅡ2호에게ㅡ

이 중사님

방금 배 하사가 감실에 다녀왔기에 소식 전함. 국방부 공판은 또 연기될 것 같소. 날짜는 확실히 모르나 다만 이십 일경 열리지 않는 건 확실함. 이상 감실 조 상사 얘기니 틀림없는 듯. 2호의 선생님은 아마 2년 6개월이 될 거요. 항명죄의 내용을 모르니까 거기에 얼마나 더 추가될지는 알 수 없음. 아마도 잘 될 거요. 잘 되시기를 빈다고 선생님께 전해 주시기 바람. 강아지 두 마리 보냅니다. 총장에게 한 섬 요구했는데 ○八만 마시고 배신했소. 다섯 마리 갖다 준 거요. 총장 이 새끼 내 사회에 나가면 갈아마실 결심임. 당분간 두 마리로 참고 견디시오. 내일 3호는 한 섬 수입할 계획이 짜졌음. 그건 비밀임. 기대하시라. 지난 번 강아지 한 마리 보내 주신 이 중사의 의리와 우정 뼛골에 사무침. 건투 앙망.

신종술 배상

ㅡ3호에서 ㅡ

메시지를 읽고 난 정철훈은 벽에 기댄 채 반쯤 누워 있는 중사를 보았다. 중사는 잔뜩 찌푸린 얼굴로 정철훈을 잡아먹을 듯이 노려보고 있었다.

뭐야 이 새꺄, 뭐라고 썼어?

중사님, 또 미끄러지셨는데요.

뭐? 또 연기됐다?

중사는 벌떡 일어나 앉더니 정철훈의 손에서 거칠게 메시지를 나꿔 챘다. 그는 창백해진 얼굴로 믿을 수 없다는 듯이 메시지를 보고 또 보았다.

아 새끼들, 사람 미치게 노는군, 이 새끼들은 바둑 한 판 더 두려구 자꾸 공판을 연기한다구.

맥이 풀리는 듯 중사는 멍청한 눈으로 철창을 바라보았다. 2호의 동료들은 숨을 죽이고 중사의 거동을 지켜보고만 있었다. 그들은 지금 잠자코 중사가 비록 우두커니 앉아 있지만 그의 머리는 실망과 분노로 뜨겁게 달아올라 있다는 것을 알고 있었다. 그들은 그 분노의 화살이 이번에는 누구에게 날아올까 하고 마음을 졸였다.

하지만 중사의 화살은 이번에는 그들을 겨냥하지 않았다. 그는 갑자기 부르쥔 주먹을 높이 들어올리더니 퍽 소리가 나도록 시멘트 바닥을 힘껏 두드렸다.

좋다구, 내 또 먹어 주겠어. 가만히 앉혀놓고 먹여 주겠다는데야 할 말 있나. 야, 오태봉 너 이 새꺄, 이번 토요일엔 내 국에 꽁치 큰 거 넣어 달라구 식사당번에게 말해.

그는 마치 공판이 연기된 사실을 그것도 언제 열릴지 알 수 없다는 사실을 잊어 버린 사람처럼 즐겁게 키들거리며 떠들어

댔다.

야 정철훈, 미안하지만 난 너를 좀 들볶고 나가야겠어.

좋습니다, 중사님.

정철훈은 공손한 태도로 말했다. 그는 이미 그것쯤은 각오하고 있다, 다시 말하면 공판이 연기되고 또 연기된다는 사실과 설사 공판이 쉽게 열린다 하더라도 막상 이 중사의 형 집행정지가 결정될는지도 의문이므로 거기에 따라 자기의 즉위도 늦어진다는 것을 각오하고 있다는 듯이 느긋한 눈길로 중사를 보았다. 그도 그럴 것이 그에게는 아직 시간이 많았다. 그는 십사 년의 여유를 가진 것이다.

이봐요, 당신은 2년 6개월이야.

중사는 구겨서 쥐고 있던 메시지를 순열 씨에게 내밀었다. 순열 씨는 덤덤한 눈길로 중사를 바라볼 뿐 그가 내미는 메시지는 받지 않았다. 그는 3호로부터 강아지가 수입된 뒤부터 갑자기 목이 타오르기 시작했고 중사가 그의 욕구를 빨리 간파해 주기만을 기다리고 있었다.

왜 태우고 싶소?

중사는 메시지를 건네다 말고 순열 씨의 멍청한 얼굴을 향해 말했다.

당신은 내 말을 믿지 않는군. 하지만 종술이의 구형은 어김없다구.

당신은 2년 6개월이야.

순열 씨는 역시 멍청하니 앉아 있었다. 그는 중사의 얘기라든가 또는 3호 데빠의 구형을 의심하는 것은 아니었다. 하지만 그는 2라든가 6이라든가 혹은 그보다 훨씬 더 큰 숫자라 할지라도 그런 숫자에 별달리 흥미를 느끼지 못했다. 내가 두려워하는 것은 시간이 아니야. 그 점에서 보면 정철훈의 경우와 마찬가지였다. 그는 중사의 말마따나 얼마든지 먹어줄 수 있다. 길고 긴 세월을 먹어줄 수 있으리라고 생각했다. 그는 마음 속으로 이렇게 생각했지만 쉽사리 그것을 말하지는 못했다.

태우려거든 태워요, 반쯤 태우고 거기 꽂아 두쇼.

순열 씨로부터 별다른 반응이 없자, 그가 지금 강아지 생각 때문에 여념이 없다고 판단한 중사는 이윽고 끽연을 권했다. 순열 씨는 계면쩍은 표정으로 엉거주춤 일어서려다 그만 제물에 주저 앉고 말았다. 강아지를 꺼내 줄 정철훈이 이때 꼼짝도 않고 앉아 있을 뿐 아니라 그의 사나운 눈초리가 막 일어서려는 순열 씨를 뚫어지게 노려보았던 것이다.,

중사님, 오늘은 강아지 수입이 더 없을 겁니다.

정철훈은 강경한 어조로 말했다.

이따 저녁식사 때와 취침 전에는 어떻게 하죠?

중사는 정철훈의 주장을 수긍하는 듯 몹시 딱한 얼굴로 순열 씨를 돌아보았다.

저 새끼 말이 맞아요. 당신도 식사 때와 취침 전에는 더 못 참을 거요. 참읍시다.

그들은 잠시 동안 침묵을 지키고 앉아 있었다. 그들은 정말 참지 않으면 안 된다는 것을, 참지 않고는 별다른 도리가 없다는 것을 잘 알고 있었다. 순열 씨는 그만 무안해져 슬그머니 벽 곁으로 물러 앉았다.

그런데 선생, 당신 구라 좀 들어봅시다.

이때 중사가 다시 침묵을 깨뜨렸다.

난 알고 싶은 게 있다구. 당신 항명죄 얘기 좀 해 보슈. 내일은 3호에서 강아지 대여섯 마리 올 거요. 그러니까 내일은 안심 푹 놓고 태우슈.

그 얘긴 재미없어요.

순열 씨는 덤덤하게 대꾸했다. 그렇지만 그는 아픈 데를 찔린 듯이 속으로 움찔 놀랐다. 그는 그곳이 자기의 치부라고 생각해 왔고 지금도 그 생각은 마찬가지였다.

뭘 그래, 당신 구라는 아무튼 재미있다구. 빼지 말아요.

중사는 쉽사리 단념하지 않았다.

순열 씨는 하는 수 없이 입을 열었다.

난 내가 갖고 싶은 것은 가지려고 한 것뿐이오. 이게 항명이라는 거요.

그 여자 말요?

말하자면 그렇죠.

순열 씨는 빙그레 웃고 있었다.

뭐가 그리 간단해요. 당신은 자꾸 빼는군.

아니에요. 이게 전부에요.

그는 중사의 찌푸린 얼굴을 향해 진지한 어조로 말했다.

그러니까 나는 다른 사람들이 그것은 가질 수가 없다. 그것은 여기에 없다고 믿고 있는 고정관념을 깨뜨리고 그것을 가지려고 욕심을 낸 거죠. 말하자면 나는 선택을 해 보려다 실패했다, 아니 그게 아니라 선택의 결과가 이거였다 이겁니다.

순열 씨는 두 손을 모아 합장을 해 보였다.

난 당신 수작을 알만 해.

이때 갑자기 정철훈이 거들고 나섰다. 나는 죄가 없다. 억울하다 이거지. 너희들은 다 죄가 있지만 나만은 죄가 없다 이거지. 하지만 그 따위 좆 같은 수작은 귀가 시리도록 들었다 이거야. 사령부 교도소에 억울하지 않은 놈 하나 있는 줄 알어?

개기름이 흐르는 정철훈의 커다란 얼굴은 능글맞은 웃음을 흘리고 있었다.

난 죄가 없다고 하지 않았어요. 난 죄가 있으니까 지금 여기 있는 거요.

그럼 그렇게 말하면 됐지 왜 선택이니 고정관념이니 어려운 얘기로 개수작 떠느냐 이거야. 난 하려고 했는데 안 되더라 이 거지? 그거 쪼다들이 하는 얘기라구. 난 내 맘 꼴리는 대로 했 는데 뭘, 당신이 말하는 그 선택을 했다 이거야.

그는 의기양양하게 말하고는 자못 위압적인 눈초리로 순열 씨를 노려보았다. 그의 눈과 마주치자 순열 씨는 약간 당황하 지 않을 수 없었다. 그의 내부에서는 창자가 뒤틀리는 듯한 경 련이 일어났고 그것은 지금 그의 치부를 가렸던 벽이 무너지 고 있다는 느낌 때문이었다.

당신이 선택했다고?

순열 씨는 자기도 모르게 언성을 높이고 있었다.

그래, 십사 년도 당신이 선택한 거요? 그렇지는 않았겠지. 한 마디로 당신은 쫓겨다녔을 뿐이요. 당신은 마치 옛날 왕십 리에서 동대문까지, 동대문에서 청량리까지 구루마를 끌고 쫓 겨 다녔듯이 그 이후로도 계속 쫓겨다녔단 말요. 당신은 흡사 궁지에 몰린 쥐새끼처럼 이리저리 쫓겨다니다가 이윽고는 함 정에 빠졌다 이거요. 당신이 선택한 건 하나도 없다구. 당신은 이렇게 말했지? 나는 그 여자를 미워하진 않았는데 그 여자가 나를 증오하는 눈초리로 쏘아보길래 한 방 더 갈겼다구. 그것 봐요, 그건 충동에서 나온 행동이지 선택이 아니다 이거요. 당 신은 실컷 쫓겨 다니다가 함정에 빠진 거 아니오.

정철훈은 약간 질린 듯 한동안 말을 잃고 묵묵히 순열 씨를 노려보고 있었다. 하지만 그는 자기가 무서운 인간이라는 것, 자기는 적의 빗발치는 탄환 앞에서도 별로 겁내지 않았다는 사실을 잊지 않고 있었다. 순간 그는 자기 앞에 앉아 있는 인간을 다짜고짜 패고 싶은 충동을 느끼고 주먹을 부르쥐었다. 이때 그는 중사의 날카로운 늑대 눈이 그의 거동을 조용히 지켜보고 있는 것을 깨달았다. 그는 가까스로 이 충동을 억눌렀다.

지금 뭐라고 했지? 당신 선생이면 단 줄 알어? 좆 같은 소리로 사람 겁 주려고 하는데, 난 지금은 당신이…… 멋대로 지껄이게 내버려 두겠어.

그는 낮은 목소리로 침착하게 말했지만 그의 눈빛은 도끼를 든 백정의 그것처럼 살벌하고 험악했다.

난 함정에 빠진 쥐가 어떻게 군다는 걸 알고 있어요.

순열 씨는 정철훈의 시선을 피하지 않은 채 조용한 어조로 다시 말했다.

그러니까 당신은 구태여 날 위협하지 않아도 된다 이거요. 당신이 무섭나는 것은 알고 있으니까.

그는 말을 끝내자 이내 벽가로 물러나 벽을 향해 돌아앉았다. 그리고는 자기가 방금 지껄였던 행동을 곧 후회했다. 나는 빗나갔어. 나는 지금도 중사의 말마따나 술이 취해 있는지도 모르지. 그렇지만 나는 하사를 미워하지 않았는데 그는 나를 증오하는 눈초리로 보았기 때문이야. 그는 정철훈의 말을 흉내내어 보고는 속으로 공연한 너털웃음을 웃고 있었다.

0시 30분에 불침번 교대를 한 순열 씨는 벽에 기대고 서서 시간이 빨리 지나가기만을 기다렸다. 이따금 근무자의 발자국 소리가 2호 앞을 지나가고 있었지만 그는 똑바로 서는 부동자세를 취하지 않았다. 불침번이 벽에 기대는 게 근무자에게 발각되면 작살이 난다는 경고를 데빡으로부터 받은 일이 있지만 순열 씨도 이제 감방 질서에 조금씩 도전해 보는 데 재미를 느끼고 있었다. 그는 그것이 바로 감방에 적응해 가는 과정이라는 걸 빨리 이해한 것이다.

밤 시간은 낮보다 한층 빠르게 지나간다고 그는 생각했다. 그는 또 이 벽은 자기가 기대기에 충분할 만큼 견고하다고도 생각했다. 그는 졸음에 시달리면서 동료들의 몹시도 코고는 소리를 들었고 이따금 그들의 다리가 옆 사람의 가랑이 사이로 파고 들어가는 것을 보았다. 그는 그들이 비좁은 잠자리에서 서로 껴안기도 하고 어떤 놈은 팔을 벌리고 다가오는 상대방의 가슴패기를 힘껏 밀어 버리기도 하는 모양을 자녀가 많은 어느 가난한 부친처럼 한동안 물끄러미 내려다보고 있었다.

이때 정철훈이 안쪽 잠자리에서 부스스 털고 일어났다. 그는 눈을 가렸던 수건을 걷어치우고는 잠자는 동료들을 건너뛰어 변소 안으로 들어갔다. 잠시 후 변소에서 나온 정철훈이 이번에는 철창 옆에 서 있는 순열 씨에게 다가왔다.

선생, 태우고 싶지 않소?

곁에 바싹 다가온 정철훈의 소리를 듣자, 순열 씨는 졸음이 한꺼번에 달아난 듯 깜짝 놀란 눈으로 정철훈을 바라보았다.

지금 거기다가 강아지 하고 대가리를 꽂아놓고 나왔소. 내가 대신 여기 서 있을 테니까 근무자 눈치 채지 않게 들어가서 태우고 나와요.

반신반의하는 순열 씨의 태도에는 아랑곳하지 않고 정철훈은 덤덤하게 말했다.

강아지는 아까 취침 전에 바닥나지 않았소?

이건 내가 데빡 몰래 비상용으로 감춰둔 거요. 난 변소 천장에 개인 조달창이 따루 있어요. 가서 실컷 태우고 나오슈, 한 마리 다.

순열 씨는 변소로 들어가 노란띠의 필터가 탈 때까지 미친 듯이 연기를 빨아댔다. 그는 지기에게 베풀어진 호의를 가늠할 겨를도 없이 흡연의 즐거움에 취해 버렸고 이윽고는 현기증이 일어나 변소의 벽에 머리를 기대고 오랫동안 취기가 가시기를 기다렸다. 잠시 후 그는 다시 불침번의 자리로 돌아왔다.

이젠 풀코스는 뛰기 힘들군요.

그가 말하자, 정철훈은 빙그레 웃었다.

그래도 선생은 아직 센 편이요. 데빡도 풀코스를 뛰고 나면 비틀거린다구요.

정철훈은 자기가 깨어 있는 걸 근무자가 볼까봐 순열 씨의 곁에 바짝 붙어섰다.

그런데 선생, 아까 일은 잊읍시다.

그는 근무자가 들을까봐 속삭이듯 작은 소리로 말했다.

난 잊어 버렸어요, 벌써.

그는 키가 작은 하사를 돌아다보며 역시 작은 소리로 대꾸했다.

그런데 선생, 내 상고 이유서를 못 보았죠?

그게 어딨어요?

저기 휴지통 안쪽에 끼워 놓았어요.

그건 누가 쓴 거요? 당신이 쓴 거요?

아니오, 데빡이 써준 거요. 난 국졸이라 말할 줄도 모른다구요. 쓰는 것은 더구나 절벽이라구요…… 내가 지금 상고중이라는 건 알지요? 난 이걸 써놓았지만 이번에도 보나마나 기각될 거니까 포기 상태였죠. 하지만 생각할수록 뭔가 이상하게 된 것 같다 이거요. 난 정말 억울하단 생각이 들어요. 난 14년 아니라 14일도 억울하단 생각이죠. 난 훈장을 다섯 개나 탔어요. 그 속에는 월남정부 것도 있죠. 내가 훈장을 많이 탔대서

가 아니라 이 새끼들이 훈장을 줄 때는 언제고 여기 처넣을 때
는 언제냐 이거요. 난 똑같은 적을 죽였을 뿐인데.

그렇지만 당신이 죽인 사람들이 적이라는 걸 증명할 수 있
겠소?

하, 그게 바루 까마귀들이 하는 소리라구요. 씨팔 내가 뒈져
서 썩어 버린 놈을 이거다 저거다 어떻게 증명해요?

하지만 선생은 내 애길 들어 보면 알 거요.

그는 한숨을 푹 쉬고 나서 다시 말을 계속했다.

그날 나는 작전에 앞서 수색대를 이끌고 작전지구로 나갔
죠. 그런데 적이 점령하고 있으리라고 생각했던 마을이 텅 비
어 있었어요. 적은 벌써 우리 작전을 예측하고 마을에서 개울
하나 건너 있는 고노이 성으로 철수해 버린 거죠. 난 분대를
이끌고 무인지경인 마을로 들어가 집, 돼지우리 할 것 없이 마
구 뒤지고 다녔다 이겁니다. 그런데 내가 어떤 집 뒤뜰을 지나
가는데 이상한 예감이, 수군수군 말하는 소리 같은 게 들려서
닌 벌써 거기 뒤뜰 절벽에 뭐가 있다 즉각 안 겁니다. 아니나
다를까 거기 절벽에 가마니로 교묘하게 은폐된 굴이 있었다
이거요. 나와, 이 새끼들아 하고 내가 월남어로 소리치자 수군
수군 하는 소리가 딱 그쳤죠. 나와, 이 새끼들아 하고 그래서
다시 소리쳤죠. 그래도 안 나와요. 그래서 수류탄의 안전핀을
까들고 가마니를 휙 젖히고 굴로 들어갔죠. 이 새끼들 안 나오

면 수류탄을 집어넣겠어, 하고 굴 속에서 소리치니까 손을 들고 나오는데 보니까 쉰 넘어 뵈는 남자 하나 여자 하나 이렇게 둘이었죠. 또 하나는 돼지우리 속에서 잡았어요. 이 치가 몸에 돼지 똥을 잔뜩 바르고 돼지를 꼭 껴안고 있더라 이겁니다. 참 별놈 다 봤어요. 이 새낄 내가 뒷덜미를 잡아 끌어냈죠. 이 새끼가 끌어내려고 하니까 돼지를 꼭 껴안고 안 나오려고 하는 게 나는 돼지다 난 보다시피 돼지다. 돼지니까 그냥 돼지로 알고 지나가거라 이런 식이죠, <u>흐흐흐</u>, 참 별놈 다 봤어요.

난 셋을 잡아다 길가에 앉혀 놨어요. 이걸 죽일 생각은 물론 없었죠. 소대가 도착하면 곧 후송시킬 참이었다구요. 잠시 후에 곧 소대가 도착했어요. 그런데 엠병할, 소대가 도착하자마자, 여태 잠잠하던 고노이 성 쪽에서 일제 사격이 시작되는 거요. 고노이는 적의 아성인데다 워낙 숲이 많아서 새끼들이 어디서 쏘는지 도무지 뵈질 않아요. 그 날은 또 유독 안개가 자욱했죠. 우리 소대는 그러니까 미처 포진이고 나발이고 할 겨를도 없이 마구 고노이 쪽에 대고 갈긴 겁니다. 정신없이 갈기는데 이 새끼들이 도망친다 이겁니다. 나이 먹은 치들이 어떻게 번개같이 도망치는지 난 놀랐죠. 돌아오지 않으면 쏜다, 하고 나는 몇 번이나 소리쳤어요. 이 새끼들은 한 번 빼면 그런데 절대로 돌아다보거나 돌아오지 않는다는 걸 알죠. 그래도 처음엔 쏘지 않고 공포 몇 발 쏘고 돌아오라고 불렀죠. 이 새끼들이 돌아옵니까. 그런데 이 새끼들 도망치는 방향이 고노이 쪽이다 이거요. 작전중인데 더 생각할 게 있어요? 그냥 쏘아 버렸지요.

그러니까 당신은 그들이 틀림없이 베트콩이다 하고 확신한 거군요.

그렇죠. 그 새끼들 고노이 쪽으로 간 것만 봐도 틀림없어요. 또 우리 대대 방침은 작전지구에서는 지뢰를 매설할 수 있는 놈은 모두 적으로 보아라, 그러니까 제 발로 걷는 놈은 모두 적으로 보아라 이겁니다.

정철훈은 말을 마치고 제물에 지친 듯 바닥에 주저앉아 버렸다.

선생, 어떻게 생각하시우? 난 십사 년이면 마흔 살이 돼요.

정철훈의 목소리는 갑자기 아주 맥이 풀린 것처럼 들렸다.

난 당신 이야기가 충분히 수긍이 가요. 당신 말마따나 십사 년은 고사하고 십사 일도 억울할는지 모르죠. 그렇지만 나는 까미 거가 아니니까 내가 어떻게 생각하든 그 따위는 지금 아무런 쓸모도 없죠.

그게 아닙니다.

정철훈은 순열 씨의 말에 생기를 얻은 듯 힘을 주어 말했다.

난 선생께 부탁 하나 있어요. 선생, 그걸 좀 써주시오. 내 상고 이유서말요. 데빡이 써 준 게 있지만 선생이 새로 하나 써

주시오.

정철훈은 순열 씨를 올려다보면서 마치 어린애처럼 연거푸 간청했다.

그걸 쓰는 거야 그렇게 어려운 일은 아닙니다. 써 달라면 써 드리죠. 하지만 종이 한 장에 무슨 기대를 걸 수는 없을 거요. 까마귀들은 특히 그런 종류의 호소나 애원에는 강하니까요.

하지만 해 보는 데까지 해 보기로 작정했어요. 해 볼 때까지. 내일, 아니 벌써 오늘이군요. 날이 새면 종이 하고 연필을 준비해 드릴 테니까 초안을 잡아 봐요.

정철훈은 벌떡 일어나 잠자는 동료들을 건너뛰어 다시 그의 잠자리로 돌아갔다.

순열 씨는 돌아가는 정철훈의 뒷모습을 물끄러미 바라보고 있었다. 그의 얼굴은 오늘따라 마치 병약한 사내처럼 어두운 그늘로 덮여 있었고 그의 숨소리는 고통스런 신음소리로 변해 있었다. 순열 씨는 이때 정철훈의 상고 이유서에 어쩐지 자기 자신의 이야기를 쓸 것 같은 기우에 사로잡혔다. 그것은 말하자면 정철훈의 가사를 빌어 자기의 곡조를 노래하는 격이었다. 그는 이 기우가 기우로 끝나기만을 기다렸다. 왜냐하면 그것은 취한의 노래처럼 들릴 것이고 그 결과는 분명히 정철훈에게 역효과를 가져다 줄 것이기 때문이다.

2시에 5번 교대를 하려고 눈을 뜬 천명오는 철창 앞 불침번 자리에 쭈그리고 앉아 있는 순열 씨가 울고 있는 것을 보았다. 그는 탈진한 사람처럼 얼이 빠진 얼굴 위에 눈물을 줄줄 흘리면서 훌쩍거리고 있었다. 천명오는 너무 놀라 발이 묶인 듯 그 자리에서 우두커니 순열 씨를 바라보고만 있었다. 천명오가 놀란 것은 단지 순열 씨의 울음 때문이 아니라 그가 아무것도 거리끼지 않고 천연스럽게 울고 있는 태도였다. 이때 순열 씨의 울음소리는 갑자기 폭발하듯 더욱 격렬해졌다. 그 바람에 2호 동료들이 하나 둘 깨어나기 시작했다. 이 중사, 정철훈, 오태봉 그리고 그 밖의 신참들은 자다가 놀라 깨어나 눈을 비비고 그들의 수면을 방해한 울음소리가 들리는 쪽을 바라보았다. 그들은 울음소리의 주인공이 순열 씨라는 것을 알자, 이번에는 더욱 놀랐다.

저 친구가 갑자기 미쳤나? 가서 울지 말라고 해.

중사가 이렇게 말했지만 아무도 순열 씨에게 다가가 그가 우는 것을 제지하려고 하지 않았다. 그들은 우선 이 조용하고 침착한 사나이가 저토록 어깨를 들먹이며 짐승처럼 끼륵끼륵 괴이한 소리로 마구 울고 있는 모양이 흥미롭기도 했지만 그들의 힘으로는 어쩐지 선생의 울음을 제지할 수 없으리라는 예감을 느끼고 있었다.

누구야. 우는 게.

이때 울음소리를 듣고 어느새 2호 앞에 다가선 근무자가 물어왔다. 그는 펀치의 위력을 특징으로 하는 이광일 수병님이었다.

2호의 동료들은 질겁을 하고 눈을 가리듯 깊이 내려쓴 근무자의 하얀 화이버를 바라보았다. 그들은 이제 드디어 선생이 근무자에게 작살이 나는 거라고 지레 짐작하고는 가슴을 졸이며 기다렸다.

이광일 수병님은 근무자가 다가와도 여전히 격렬한 울음을 멈추지 않는 순열 씨를 어처구니 없다는 표정으로 한동안 물끄러미 내려다보고 있었다. 하지만 그의 표정과 거동에는 2호의 동료들이 예측했던 그런 변화는 오지 않았다. 도리어 그는 이 초라한 사나이가 어깨를 들먹이며 거리낌 없이 마구 울고 있는 매우 우습고도 삭막한 풍경을 2호 사람들과 더불어 오랫동안 구경하고 서 있었다.

비련

悲戀

　금호동 로타리에서 남쪽으로 내리막길을 한참 내려오다 다시 왼쪽으로 좁은 길을 꺾어 돌아가면 작은 집들이 옹기종기 모여 있는 그 야트막한 언덕이 나타난다. 지금은 그 부근의 집들이 규모로나 모양새로 봐서 너무 초라하고 볼품이 없는 낡은 가옥들이 돼 버렸지만 내가 그 언덕을 자주 찾아다닐 때만 해도 그곳은 마치 잘 닦아놓은 보석처럼 번쩍번쩍 빛이 나는 신흥 주택가였다. 당시로는 제법 득세한 중산층들이 그곳에 아담한 새 집을 짓고 거기에 정착했는데 집의 규모는 크지 않았지만 집 구조가 짜임새가 있었고 또 집을 아주 탄탄하게 짰기 때문에 멀리서 바라보면 마을이 마치 한 폭의 그림처럼 산뜻하게 보였다.

　길은 언제나 부지런한 주민들에 의해 깨끗하게 치워져 있었다. 그래서 나는 그 언덕길을 오를 때마다 나 자신을 포함해서 이 도시의 모든 시민들이 적어도 이 정도로 안정되고 청결한 동네에서 살게 된다면 얼마나 좋을까? 하고 생각하곤 했었다. 나는 지금도 그 야트막한 언덕에 있는 마을과 넓은 찻길에서 왼쪽을 꺾어 돌아가는 꼬불꼬불한 비탈길을 생각하면 가슴이 설렌다. 그렇지만 지금은 그 깨끗한 비탈길과 마을이 사실상 없어진 거나 마찬가지다.

얼마 전 나는 그곳에 갔었다. 그런데 비탈길은 여기저기 모서리가 무너지고 길바닥은 휴지와 지저분한 상품 포장지로 더럽혀져 있었다. 아담하고 산뜻했던 작은 가옥들은 이제 빛이 바래고 내 눈에도 너무 왜소하게 비쳐 한낱 빈민들의 은신처로밖에는 보이지 않았다. 나는 마을이 지나치게 변해 버린 모습을 보고 몹시 당황했다. 그 사이 세상은 말할 수 없이 풍요해졌고 화려한 모습으로 변신을 했다. 그런데 오직 이 언덕에 있는 마을만 이십 수년 동안 고스란히 잠을 자고 있었던 모양이다.

마을은 이제 삭막하고 냉랭한 분위기에 휩싸여 있었다. 나는 그곳에서 마치 비천하게 전락한 여자가 옛 남자의 방문을 무감동하게 바라보고 있는 듯한, 그런 싸늘한 분위기를 느꼈다. 마을은 나를, 내 기억을 거부하고 있었다.

그곳에서 내가 그녀를 발견한 건 저녁때였다. 여름 이른 저녁때라 아직 주위는 그다지 어둡지 않았다. 마을의 굴뚝 꼭대기에서는 저녁을 짓는 연기가 모락모락 피어올랐고 빗방울이 이따금씩 뚝뚝 떨어졌다. 동네 복판에는 아직 집을 짓지 않은, 꽤 넓은 빈터가 있었는데 나는 그 빈터의 한쪽 모퉁이에 서서 마을의 저녁 풍경을 바라보고 있었다. 그때 서너 명의 아이들이 갑자기 저쪽 골목 속으로부터 내가 서 있는 빈터로 한꺼번에 쏟아져 나왔다가 소리를 지르며 빈터를 한 바퀴 돌더니 다시 골목 속으로 들어가 버렸다. 그 아이들은 아마 그때 술래잡기를 하고 있었던 모양이었다. 대부분이 사내들이었는데 녀석들은 고작 초등학교 삼사학년 또래의 아이들이었다. 다만 그 무리 속에 약간 덩치가 큰 계집애가 하나 함께 있었다. 그애는 아주 빨간 스웨터를 입고 있었기 때문에 그애가 사내가 아닌 것은 금방 알 수 있었다. 그애는 분명 중학생이었다. 사내애들보다 그만큼 덩치가 더 컸다.

중학생인 여자아이가 조무래기 사내들 틈에 섞여 골목 저쪽으로 뛰어기는 모습이 어쩐지 어색해 보였다. 그녀 자신두 그 점을 잘 알고 있었는지, 조금 전 나와 아주 가까운 곳까지 접근했을 때 나와 우연히 눈길을 마주친 그녀는 얼굴을 살짝 붉혔었다. 나는 그 순간을 별다른 생각 없이 지나쳤다. 내가 다른 점을 깨달았다고 하더라도 그 순간은 너무 짧은 시간이었다. 그때는 그녀가 다만 보통 체격의 여학생이고, 피부가 비교적 하얗고, 검고 큰 눈을 가지고 있는 아이라는 것만 알았다. 그런 여자아이는 사실 어디서나 만날 수 있는 일이었다. 그래서 별다른 느낌을 받을 수는 없었다.

그런데 잠시 후 나는 내가 그 계집애를 거기서 만난 것이 두 번째의 만남이란 사실을 깨달았다. 그걸 깨닫게 해 준 것도 그녀였다. 조무래기 아이들과 쏜살같이 달아났던 그녀는 잠시 후 내가 서 있던 지점에서 마주 바라보이는 조그만 양옥의 창문에서 갑자기 솟구치듯 얼굴을 불쑥 내밀었다. 그 창문은 내가 서 있는 지점에서 겨우 30미터 정도의 거리에 있었다. 그 이전까지 창문은 닫혀 있었는데 그 애가 얼굴을 내밀기 위해 갑자기 창문을 열었었다. 창문은 집의 규모에 비하면 약간 커 보였다. 그 집은 당시에는 흔치 않았던 빨간 벽돌 건물이었고 누구나 한번 들어가서 살고 싶은 생각이 날 만큼 앙증맞게 지어진 예쁜 주택이었다. 마당도 제법 넓고 마당에는 새로 옮겨 심은 듯한 몇 그루의 관상수들이 얕은 담장 위로 솟아 있었다.

갑자기 창문을 통해 불쑥 나타난 그 계집애는 처음에는 대담하게 상반신을 드러내놓고 맞은편에 서 있는 나를 뚫어지게 쳐다보았다. 그녀의 시선을 받은 나는 몹시 당황했다. 나는 그 이전까지는 남의 집 울타리 바깥에서 집 안에 있는 사람의 시선을 받아 본 경험이 거의 없었다. 그런 경험이 내게 있었더라도 그때처럼 당황하지는 않았을 것이다. 그녀가 나를 쏘아보

는 순간 나는 내가 무슨 잘못을 저지르고 있는 것 같은 기분에
사로잡혔다. 왜냐하면 그녀는 당연히 자기가 있어야 할 장소
에 있는 반면 나는 단지 지나가는 행인에 지나지 않으며, 내가
그 자리에 오래도록 서 있어야 할 특별한 이유가 전혀 없었던
것이다.

그런데 그녀가 나를 뚫어지게 바라본 건 내가 낯이 설고 무
서운 남자였기 때문은 아니었다. 우리는 그때 두번째 마주쳤
고 그녀도 그걸 이미 깨달았기 때문에 그녀는 창을 열고 나를
바라본 것이다.

뒤늦게야 나도 그녀의 유난히 검고 큰 눈을 기억해냈다. 그
기억을 찾아낸 순간 나는 온몸이 떨렸다. 왜냐하면 처음 마주
쳤을 때 나는 별다른 목적도 없이 이 계집아이가 살고 있는 동
네와 그녀의 집을 알고 싶었던 것이다. 물론 그때는 그것은 막
연한 희망이었고 나 자신도 그걸 알게 되리란 기대는 갖지 않
았다. 나는 그날 학교에 가느라고 로타리에서 이른 아침의 만
원버스에 올랐다. 초겨울이었는데 비가 부슬부슬 내리고 있었
다. 우산을 든 사람도 있었고 기세 좋게 비를 맞고 있는 사람
도 있었다. 아침버스는 언제나 만원이어서 나에겐 지옥 같았
다. 버스를 탈 때마다 나는 내가 잠시 동안 지옥을 통과한다고
생각했다. 비록 지옥을 통과하는 아침등교였지만 대학 신입생
이었던 내겐 언제나 아침등교가 즐거웠었다.

버스에 오른 나는 용감하게 가운데로 비집고 들어갔다. 버스는 곧 로타리를 떠났다. 차체가 흔들리기 시작하면서 사람들의 위치가 조금씩 바뀌고 있었다. 그리고 그때 검은 학생 오버코트를 입은 단발머리 여학생이 내 앞으로 바짝 가까이 밀려왔다. 그녀의 키는 내 가슴에 닿았다. 그녀도 나처럼 우산을 들고 있지 않았다. 만약 우산을 들고 있었다면 우리는 더 큰 곤욕을 치렀을 것이다. 그녀는 몹시 무거운 책가방을 주체하지 못하고 끙끙거렸다. 나는 그녀가 내 눈앞에서 가쁜 숨을 몰아쉬며 끙끙거리는 모습을 한동안 물끄러미 지켜보고 있었다. 그녀의 검은 머리는 비에 젖어 있었고 검은 오버코트의 깃에도 물기가 번쩍거렸다. 그녀의 하얀 얼굴에도 빗물이 묻어 있는 것 같았고 검은 눈에도 빗물이 스며 있는 것 같았다. 그녀의 큰 눈은 잔뜩 겁을 먹고 있는 듯 보였다. 나는 자신도 의식하지 못하는 사이에 그녀의 책가방을 살며시 빼앗아 들었다. 그것은 천근처럼 무거웠다. 내가 한 행동은 선행과는 거리가 멀었다. 그 천근같이 무거운 책가방을 빼앗아 든 순간에 나는 고통 대신 기묘한 즐거움을 느꼈던 것이다.

갑자기 책가방을 빼앗긴 그녀는 여전히 겁을 집어먹은 눈초리로 나를 쳐다보았다. 그녀는 웃어 보이거나 고맙다는 인사 따위는 하지 않았다. 내가 그 버스에서 내릴 때까지 그녀의 표정은 변함이 없었다. 나는 내가 내리는 정류장에서 그녀에게 말없이 가방을 넘겨 주고 버스에서 빠져 나왔다.

그때 버스에서 내린 뒤 그 버스가 떠나는 걸 바라보면서 나는 문득 그 계집아이가 살고 있는 집과 동네를 알고 싶은 충동을 느꼈다. 그걸 알고 싶은 뚜렷한 동기는 없었다. 다만 뭔가 잃어 버린 것 같은 허전한 기분이 그때 가슴을 가득 채웠다. 더 정확하게 말하면 오래 전 잃었다가 다시 찾은 것을 또 다시 잃어 버린 것처럼 허전하기 짝이 없었다. 하지만 당시에는 그 모든 내 기분의 정체를 세밀하게 자각하지는 못했었다. 나는 시간이 많이 지난 뒤에 가까스로 그때의 내 기분의 정체를 이해할 수가 있었다.

서로 이미 아는 얼굴이라는 걸 발견한 그녀와 나는 야트막한 블록 담장을 사이에 두고 빤히 마주 바라보고 있었다. 그녀는 내가 낯선 사람이 아니고 구면이란 사실이 신기한 듯 처음에는 아주 밝은 표정으로 나를 바라보았다. 우리는 꽤 오랫동안 그렇게 마주 바라보고 있었다. 그 시간은 약 3분쯤 되는 시간일 것이다. 그 동안에 나는 그녀와의 에기치 못했던 재회의 즐거움을 혼자서 마음껏 즐겼다. 형언할 수 없는 기쁨이 가슴 속에서 솟구쳤다. 그러나 한편 불안하기도 했다. 마치 기적처럼 그녀가 다시 내 앞에 나타났다는 사실이 어떤 불행의 징조일지 모른다는 막연한 불안감이 고개를 들고 일어났다. 기적 같은 행운에는 거기에 버금가는 불행이 따르는 경우도 많지 않은가?

　오랫동안 이쪽을 응시하고 있던 그녀는 우리들이 하고 있는 행동이 우스웠던지 갑자기 입가에 픽 웃음을 흘렸다. 그리고 그 웃음을 계기 삼아 이윽고 그녀의 변덕이 시작되었다. 그녀는 한 번 웃고 나서 금방 자기가 언제 웃었더냐는 듯 표정이 시무룩해졌다. 마치 내가 거기 서 있다는 게 자기를 몹시 화나게 만든다는 그런 얼굴이었다. 자연히 나는 당황할 수밖에 없었다. 그러나 겉으로는 태연한 체했다. 그녀는 참을성이 많지 않았다. 곧 그녀는 창문을 꽝 소리가 날 정도로 세차게 닫아 버렸다. 그리고 어디론가 사라져 버렸다. 그 창문 안쪽에는 아무것도 보이지 않았다.

　일단 그녀가 자취를 감춰 버리자, 내 시야는 다시 사막으로 돌변했다. 나는 그 자리를 떠나 집으로 돌아갈까, 하고 생각했다. 그러나 발걸음이 옮겨지지 않았다. 마치 두 발이 그 자리에 붙어 버린 것 같았다. 나는 그녀가 다시 창문에 나타나 화해의 웃음을 보여 줄 것이라는 막연한 기대를 품고 있었다. 그 웃음을 보지 않고는 결코 그 자리를 떠나고 싶지 않았다.

　나는 오랫동안 그곳에서 그 계집애의 출현을 기다리며 서 있었다. 주위는 점점 어두워져 갔다. 비탈길에는 행인도 뜸해졌다. 그러나 그녀는 다시 나타나지 않았다. 그 창문은 굳게 닫혀 있었고 그 방은 불도 켜지 않고 있었다.

갑자기 자동차 소리가 들리더니 군용 지프 한 대가 헤드라이트를 켜고 비탈길을 올라왔다. 지프는 내가 서 있던 빈터를 지나 천천히 빨간 벽돌집 대문 앞으로 다가가더니 엔진을 끄고 멈춰섰다. 지프에서 경적이 두 번 울렸고 군복을 입은 남자 두 사람이 차에서 내렸다. 뒤이어 벽돌집의 대문이 열리고 부인과 딸 그리고 꼬마 사내아이가 함께 뛰어나왔다. 이미 너무 어두워서 얼굴을 알아볼 수는 없었지만 자기 엄마와 함께 아빠를 마중나온 아가씨는 틀림없이 그녀였다. 아빠와 무슨 얘기를 쾌활하게 주고 받는 카랑카랑한 목소리는 분명 그녀의 목소리였다. 군인 한 사람은 상관이고 한 사람은 그의 부관이거나 운전병인 것 같았다. 그들은 차를 밖에 세워두고 모두 함께 집안으로 들어갔다. 잠시 소란하던 주변이 다시 정적에 잠겨들었다.

나는 결국 그날 그녀의 출현을 단념할 수밖에 없었다. 나는 우울한 마음으로 집으로 돌아가기 위해 그 빈터에서 떠났다. 그렇지만 나는 내가 내일이나 그 다음날 어김없이 이곳으로 다시 찾아온다는 걸 알고 있었다. 왜냐하면 그녀와 나 사이에 이미 숨바꼭질은 시작되었던 것이다. 그 기묘한 숨바꼭질은 사실은 내게는 가장 익숙한 세계이고 또 가장 즐거운 놀이였다.

대학에 들어가기 일 년 전까지 나는 염산 바닷가의 작은 마

을에서 3년 동안 살았다. 아버지는 염산 어업조합 출장소에
근무하셨는데 건강이 좋지 않은 데다 음주벽이 심하셔서 가족
들의 생활은 근근이 나날의 생계를 이어가는 형편이었다. 나
는 내 또래의 다른 아이들이 학교에 다니는 동안 고등학교에
진학을 못하고 하는 일 없이 집안에 숨어서 놀고 지냈다. 집
안에 숨었다고 하지만 염산에 무슨 거리나 상가가 있는 것도
아니었다. 자동차도 다니지 않았고 전기도 들어오지 않았다.
이따금 자동차를 멀리서나마 구경할 수 있었는데 그건 염전에
서 소금을 싣고 밖으로 나가는 트럭이었다. 우리 집 마루에서
바라보면 소금을 가득 실은 트럭이 멀리 해안 가까이에 있는
도로를 먼지를 일으키며 굼벵이처럼 느리게 달리고 있는 모습
이 보였다. 마을은 바다와 염전에서 내지로 깊숙이 들어온 곳
에 낮은 야산을 등지고 있었는데 불과 삼십여 호의 조그만 마
을이었다. 마을 앞에는 제법 넓은 간척농지가 있고 그 농지가
바다까지 이어지고 있었다. 염산에 처음 왔을 때는 바다의 소
금 냄새와 맑은 공기에 이끌려 나도 부지런히 제방과 들길을
돌아다녔다. 마을의 다른 아이들과 잠시 함께 어울리기도 했
다. 그러나 나는 곧 집안에 숨어 버렸다. 진학을 못한 것이 점
점 큰 수치심으로 변했고 더욱 심해진 아버지의 주벽으로 사
춘기의 자존심을 마을 아이들 사이에서 지탱할 수가 없었다.
노골적으로 우리 가족과 나를 비웃는 녀석도 있었다. 아마 우

리가 외지인이기 때문에 일종의 적대감에서 필요 이상으로 아이들이 우리 가족의 동정에 민감했는지 모른다.

일단 집안에 숨어 있게 되자, 나는 바깥출입이 점점 더 무서워졌다. 사람들의 눈길과 말소리와 그들이 가까이 다가오는 발자국 소리까지 까닭없이 두려웠다. 나는 내 방으로 쓰고 있던 한쪽 골방에서 종일 혼자 시간을 보냈다. 그 골방에는 시골 가옥에는 흔치 않은 제법 큰 창이 있었다. 그 방에 창이라곤 그것 하나뿐이었다. 그 창을 통해 바깥세상을 구경할 수 있었다. 그 창은 내게는 구원의 창이었다.

그 창에서 바라보면 건너편에 염전 사장이 사는 규모가 크고 깨끗한 초가가 한눈에 들어왔다. 그 집의 마당도 일반 농가의 그것에 견주면 무척 넓었는데 언제나 깨끗하게 치워져 있었다. 사장네 집은 우리 집에서 약 30미터쯤 떨어져 있었다. 그 사이에는 배추밭과 고추밭이 있었다. 그 집의 깨끗하게 정돈된 마당을 지나 저쪽 염전으로 나가는 들길의 한모퉁이가 내 방에서 보였다. 그 밖에 그 창에서 보이는 풍경은 달리 없었다. 그러니까 염전 사장네 집과 그 집의 넓고 깨끗한 마당과 그리고 그 마당 저쪽으로 염전으로 나가는 길의 한모퉁이가 그때 내가 그 창을 통해 볼 수 있었던 풍경의 전부였다. 아니, 그 밖에 또 있었다. 사람들이었다. 나는 사장네 가족들과 그 집에서 함께 기거하며 일하는 인부들과 그 집에 이따금씩 나타나는 손님들을 어쩔 수 없이 자주 보게 되었다. 그렇지만 무엇보다 중요한 건 내가 영애를 자주 볼 수 있었다는 사실이었다. 그 창을 통해 그녀를 자주 볼 수 있었다는 건 내겐 축복이었고 내가 그 창문에 감사를 바쳐야 할 가장 큰 이유였다.

영애는 사장의 외동딸로 그때 초등학교 6학년에 다니는 어린 계집애였다. 그 아이는 시골아이답지 않게 제 나이보다 훨씬 숙성했고 깜찍하고 야무진 아이였다. 그녀는 제 또래들 중에서 늘 대장 노릇을 했다. 마을의 계집애들은 언제나 영애의 꽁무니를 따라다녔으며 그녀가 하자는 놀이를 고분고분 따라서 했다. 영애는 옷차림도 깨끗했고 머리는 자상하고 똑똑한 제 엄마가 늘 단정하게 빗겨 주었다.

처음에는 다만 그녀를 귀여운 어린아이로만 나는 생각했다. 그러나 차츰 시간이 지나면서 영애는 내가 지상에서 그 모습을 볼 수 있는 단 하나의 이성으로 변해갔다. 그 창을 통해 내가 만날 수 있는 유일한 여자가 영애였다. 나는 눈만 뜨면 영애를 보기 위해 창 앞으로 달려가곤 했다. 무더운 여름 한낮 같은 때는 영애는 오렌지색 블라우스와 푸른색 치마를 입고 제 친구들과 넓고 깨끗한 마당에서 고무줄넘기를 했다. 그녀가 깡총거리며 고무줄넘기를 하는 동작은 아주 민첩하고 우아해서 마치 음악에 맞춰 춤을 추고 있는 것 같았다. 가을 저녁 때나 이른 아침에는 영애는 바로 내 방 창문 앞에까지 와서 배추를 뽑아 가거나 고추를 따서 가져가기도 했다. 그녀와 지척의 거리에 있게 되면 나는 또 두려움으로 가슴을 두근거리곤 했다. 나는 나의 가쁜 숨결이 그녀의 귀에 들릴까봐 겁이 났다. 무엇보다 두려운 일은 영애가 이쪽 창 안쪽에 숨어 있는 나를 이미 발견했을지도 모른다는 사실이었다. 창 안쪽에 숨어서 자기를 매일같이 몰래 훔쳐보며 내가 누리는 비밀스런 즐거움을, 그야말로 내 마음 속의 은밀한 비밀을 그녀가 이미 간파했을지도 모른다는 사실이 나는 두려웠다. 나는 내가 영애에게 일종의 범죄행위를 하고 있다는 자괴감을 느끼곤 했다. 나는 그녀와 말 한마디 나눈 일도 없었고 영애라는 아이가 도대체 나를 알고 있는지 어떤지조차 몰랐다. 나는 수년 동안 거의 내 몸을 바깥에 드러내지 않고 살았던 것이다.

그런데 영애는 그 모든 걸 일찍부터 알고 있었다. 다만 내가 그녀가 알고 있었다는 걸 몰랐을 뿐이었다. 깜찍한 그 계집애는 창 안쪽에 숨어서 자기를 지켜보는 시선을 일찍부터 간파하고 있으면서도 짐짓 모른 척 그동안 시치미를 떼고 있었을 뿐이었다.

어느 가을 저녁나절 그녀는 배추밭으로 들어왔다. 그녀는 허리를 굽히고 탐스럽게 잎새가 자란 배추 두 포기를 밭에서 뽑아냈다. 나는 그녀가 배추를 들고 곧 돌아갈 줄 알았다. 그런데 밭에서 몸을 일으킨 그녀가 갑자기 이쪽으로 시선을 돌렸다. 그녀는 지극히 냉정한 눈길로 조용히 창문을 바라보았다. 그녀의 표정과 태도는 엄숙할 만큼 침착하고 의젓했다. 그 조용한 눈길은 무엇을 새로 찾는 눈길이 아니라 이미 있었던 자리에 그것이 여전히 있는가를 다시 확인하는, 그런 눈길이었다. 나는 전신이 발가벗긴 채 완전히 노출된 것 같은, 참혹하고도 동시에 후련한 기분에 빠졌다. 그 순간은 영애와 나 사이에 그 기묘한 숨바꼭질이 시작되는 순간이었다.

그날 이후부터 영애는 이따금씩 내 창문을 바라보았다. 그리고 내가 거기 있는 것을 확인하고는 잠시 조용히 지켜보다가 이내 눈길을 돌리곤 했다. 영애는 여러 친구들과 함께 마당에서 놀다가도 문득 동작을 멈추고 이쪽을 혼자 은밀히 쳐다봤다. 그런 때의 영애의 표정에는 혼자 비밀을 간직하고 있다는 다소 긴장된 분위기가 엿보였다. 이미 우리는 우리 둘만이 통하는 언어를 갖게 된 셈이었다. 그것은 마을의 누구도, 심지어는 영애의 어머니도 알 수 없는 우리만의 언어였다. 영애가 비밀을 지키기로 한 이상 아무도 우리의 대화를 엿들을 수는 없었다. 영애는 아주 지혜롭고 은밀하게 내게 신호를 보내오곤 했다. 그녀는 밖에 나와 있을 때는 언제나 내 시선을 의식하고 있었다.

영애는 잘 웃는 아이였다. 이따금 친구들과 함께 놀다가도 그녀는 갑자기 까르르 소리를 지르며 자주 웃었는데 그런 때

는 웃음소리를 좀더 크게 과장하거나 얼굴에 애교를 듬뿍 나
타내 보이는 것이었다. 그런 때는 영애가 아직 어린 계집애가
아니라 다 성숙한 처녀 같아 보였다. 그녀는 언제나 내 눈길이
잘 미치는 자리에 있으려고 애썼다. 어쩌다 내게서 등을 돌리
고 있게 되면 그녀는 재빨리 돌아섰다. 고무줄넘기를 할 때도
영애는 갑자기 그 놀이에는 불필요한 이상한 동작을 취하곤
했다. 뜀을 뛰면서 마치 무희가 춤추듯 두 팔을 크게 벌리고
부드럽게 흔드는 것이다. 그 이상한 동작은 적어도 자기의 친
구들을 향한 신호는 아니었다. 그 아이들이 영애의 그 이상한
몸짓을 알 턱이 없었다.

　나는 종일 하는 일이 따로 없었기 때문에 창 앞으로 다가가
서 영애가 내 시야에 나타나기를 기다리는 일이 하루의 가장
중요한 일과였다. 영애는 나에 비하면 무척 바쁜 아이였다. 그
애는 학교에도 가야 하고 어머니의 심부름으로 염전에도 다녀
와야 했다. 일요일에는 영애는 더욱 바빠졌다. 그녀의 어머니
가 마을에서 가장 독실한 천주교 신자였기 때문에 영애도 그
날은 하루 종일 마을의 공소에 가서 살다시피 했다. 마을의 공
소는 영애네 집에서 별로 멀지 않은 산비탈 중턱에 있었다.

　영애가 그만큼 바빴기 때문에 자연히 나는 기다리는 시간이
더욱 많아졌다. 나는 기다리는 일에는 곧 아주 익숙해졌다. 어
떤 때는 다섯 시간을 줄곧 창가에 서서 시야에 영애가 나타나

기만을 기다린 일도 있었다. 그렇게 오랫동안 기다려도 그녀를 못 볼 때도 많았다. 두 시간 혹은 세 시간씩 다리가 휘어질 때가지 기다리고 있다가 이윽고 마당 한쪽 모퉁이에서 그녀의 모습이 불현듯 나타나면 나는 전신의 피로가 한꺼번에 풀렸고 마음 속에 드리워 있던 그늘이 금방 걷히는 것 같았다.

오랜만에 나타날 때는 그녀는 능청스럽게도 일부러 쌀쌀맞은 표정으로 이쪽은 거들떠보지도 않고 마당가를 왔다갔다 하거나 공연히 빗자루를 들고 나와 이미 깨끗하게 치워진 마당을 쓰는 체하기도 했다. 그러나 그녀의 능청은 고작 반 시간도 버티지를 못했다. 어느 새 영애는 다시 쾌활하게 떠들고 애교를 떠는 본래의 영애로 돌아갔다. 그녀는 내 마음의 조바심을 아주 세밀하게 읽었다. 내 마음에서 일어나는 즐거움과 낙망의 파문까지 하나하나 놓치지 않고 그녀는 읽고 있었다. 나도 영애의 마음 속을 얼마간 읽고 있었지만 이 싸움에서는 나는 영애의 적수가 아니었다. 나는 갇혀 있고 그녀는 자유롭게 움직이고 있었던 것이다. 내 시야는 그녀가 전부이고 그녀에게는 나 같은 존재는 다만 형체가 없는 그림자에 지나지 않는 것이다.

내가 그 창에서 영애를 마지막으로 본 건 늦은 가을 저녁때였다. 그나마 그날 그녀를 볼 수 있었던 건 운이 좋았다고 할 수 있었다. 그때는 일부러 영애를 보기 위해 창 앞에서 그녀의 출현을 기다릴 만큼 내가 한가하지 못했었다. 아버지가 그날 운명하셨던 것이다. 나는 졸지에 상주가 되어 문상을 하려고 몰려오는 마을 사람들을 맞느라고 종일 마당에서 서서 지냈다. 누군가가 나더러 너무 피곤할 테니 손님이 뜸한 틈에 잠깐 방으로 들어가서 쉬라고 권유했다. 그 집은 방들이 너무 좁아서 빈소는 마당에 마련했었다. 나는 잠깐 휴식을 취하기 위해 나의 골방으로 들어갔다. 그 방에도 마을의 여인들이 몰려들어와 상복을 만들고 손님에게 내놓을 음식을 만드느라고 법석을 떨고 있었다. 나는 무심코 창 앞으로 다가가서 밖을 바라보았다.

그런데 놀랍게도 바로 창 가까운 곳에 영애가 다가와 서서 창문을 뚫어지게 쳐다보고 있었다. 그녀가 그처럼 가까운 곳까지 접근해 온 것은 그때가 처음이었다. 그리고 사람이 없는 창문을 그렇게 혼자 지켜보고 있는 모습을 내가 본 것도 그때가 처음이었다. 영애는 뜻밖에 내가 나타나자, 흠칫 놀라 뒤로 몇 걸음 물러났다. 그러나 달아나지는 않고 물러선 그 자리에서 아주 조용한 눈길로 나를 보고 있었다. 아마 다른 때라면 그런 경우 그녀는 멀리멀리 달아났을 것이다. 나는 그때 머리에 굴건을 쓰고 있었다. 상복은 아직 마련이 되지 않아 그냥 늘 입던 옷을 그대로 입고 있었다.

영애와 나는 말없이 상대를 오랫동안 바라보고 서 있었다. 이상하게도 나는 마음이 편하고 침착했다. 그건 영애도 마찬가지인 듯했다. 다른 때라면 나는 그처럼 가까운 거리에 서 있는 영애를 그처럼 태연하게 바라보지 못했을 것이다. 나는 그때 그것이 내가 그 창에서 그녀를 마지막으로 보는 시간이라는 걸 알고 있었다. 영애도 내가 앞으로는 그 골방에 숨어서 그녀를 훔쳐볼 수 없다는 걸 어렴풋이나마 알고 있었을 것이다.

아버지의 죽음으로 우리 가족은 염산에서 생활해야 할 이유가 없어져 버린 것이다. 우리가 염산에 간 것은 아버지의 새 직장이 거기 있었기 때문이었다. 갑자기 굴건을 쓰고 나타난 내 모습을 오랫동안 조용히 지켜보고 있던 영애는 이윽고 돌아서서 마당 저쪽으로 천천히 걸어가 버렸다. 그녀의 뒷모습이 어쩐지 풀이 죽은 모습이었다. 이제 숨바꼭질은 끝났다. 그 작은 골방 속에서 내가 바라보던 세계, 조그만 창으로 제한된 그 은밀한 세계도 없어졌다.

장례를 치르고 바로 다음 날 우리는 염산을 떠났다. 이삿짐도 없었고 특별히 만나야 할 사람도 없었기 때문에 우리는 아주 홀가분하게 염산을 떠날 수가 있었다.

비 오는 날 그 언덕 위의 마을에 다녀왔던 나는 겨우 나흘

만에 그곳을 다시 찾아갈 수 있었다. 그 동안에 여름방학이 끝나 등교 준비를 하느라고 나는 시간을 낼 수가 없었다. 만약 그런 일이 없었다면 나흘씩이나 나는 기다리고 있지는 않았을 것이다. 반드시 그 꼬마 아가씨를 만나는 일이 아니라도 그 무렵에 나는 거의 맹렬하게 산책을 즐기고 있었다. 나는 틈만 나면 이웃 동네 먼 동네 할 것 없이 밤이 이슥해서 거의 눈앞이 안 보일 때까지 돌아다녔다. 그건 삼 년 동안의 수인과 같은 생활 뒤에 오는 아주 자연스런 욕구라고 할 수 있었다. 요컨대 움직이는 자유를 실컷 누리고 싶었던 것이다. 그 욕구 속에는 자신의 시야를, 내면의 시야가 아닌, 육안으로 볼 수 있는 시야를 넓히고 싶은 본능적인 욕구가 포함되어 있었다. 벽돌집과 기와집이 뒤섞여 모여 있는 마을 풍경, 넓은 도로와 비탈길, 구멍가게들이 촘촘히 늘어 서 있는 변두리 마을의 골목 풍경, 이런 따위의 지극히 평범한 풍경들이 그때 내 눈에는 마치 세상이라는 걸 처음 보는 미개인의 눈에 비친 세상 풍경처럼 신기하게만 보였다.

그렇지만 염산의 창을 완전히 잊어 버린 건 아니었다. 내겐 아직 염산의 창에 매달리고 싶은 강한 충동이 살아 있었다. 그건 육안의 시야를 넓히겠다는 욕구와 어느 모로 봐도 상극이었다. 한동안 나는 내가 그 창을 잊고 있다고 생각했다. 고작 내게 남아 있는 건 그 창에 대한 희미한 기억뿐이라고 내심 치부하고 있었다. 그렇지만 사실은 그 창의 기억은 단순한 기억이 아닌, 생생한 욕망의 일부로 내면 깊은 곳에 살아 있었다. 다만 일시적으로 대상을 잃고 있었기 때문에 자신은 그것을 잊었다고 착각했을 뿐이었다.

그 비탈길 언덕의 마을에서 갑자기 유리창 저쪽에 나타난 계집아이를 보았을 때 염산의 창을 통한 구도는 훌륭하게 되살아났다. 그 계집애는 영애와 꼭 닮았다고는 할 수 없지만 여러 가지로 비슷한 분위기를 가지고 있었다. 사실은 용모가 꼭 닮아야 할 이유는 없었다. 말씨나 목소리, 성격도 닮아야 할 이유는 없었다. 그런데 용케도 그녀는 영애와 목소리나 말씨, 그리고 몸짓이 닮았었다. 무엇보다 그녀에게서 풍기는 청결한 분위기가 나는 마음에 들었다. 그건 영애가 처음에 내 시선을 붙잡아 맨 가장 큰 이유이기도 했다.

전체적인 구도는 물론 그때와는 달랐다. 이번에는 내가 자유로운 입장이고 그녀 쪽이 갇힌 몸이었다. 그러나 그건 표면적인 구도에 지나지 않았다. 사실은 나는 여전히 아직도 수인이고 자유로운 쪽은 그 계집아이였다. 움직이지 않고 한자리에 서 있다는 점에서 나는 여전히 수인이었다. 심리적으로도 나는 얽매인 몸이었다. 거기 비해 그녀는 실내에서도 자유롭게 움직인다. 숨었다가 다시 나타나고 다시 또 숨어 버리는 쪽도 그녀였다. 따라서 표면적인 구도 따위는 별다른 의미가 없었다.

그 계집아이는 집에 돌아왔을까? 그녀는 오늘도 빨간 스웨터를 입고 있을까? 비탈길을 올라가며 나는 갖가지 궁금증에 사로잡혀 혼자 자문을 계속했다. 내 머리 속은 온통 그녀에 대한 무성한 추측과 상상으로 가득했다. 무엇보다 나는 그 아이가 두번째의 대면에서 어떤 반응을 보일지가 궁금했다. 나는 최악의 경우를 상상했을 때 두렵고 겁이 났다. 그냥 돌아서서 오던 길로 가 버리고 싶기도 했다.

무더웠던 한낮이 지나고 여름 해가 기울어가기 시작한 오후 다섯 시경이었다. 아직 주위는 투명하게 밝았다. 한낮의 열기도 아직 완전히 식어 버린 때는 아니었다.

빈터에서는 조무래기들이 흙장난을 하면서 놀고 있었다. 나는 그 아이들이 모두 사내애들이라고 생각하고 가까이 접근했다. 내가 처음에 잘못 본 건 그애가 그날은 옷을 바꿔 입었기 때문이었다. 나는 빨간색만 생각하고 있었다. 그런데 내가 가까이 접근했을 때 조무래기들 속에서 아이 하나가 이쪽을 힐끗 돌아보더니 질겁을 하고 일어서서 저쪽 골목으로 쏜살같이 달아나는 것이 아닌가?

그때서야 나는 정신이 번쩍 들었다. 달아난 그 아이는 바로 그 계집애였다. 그녀는 소매가 짧은 노란색 블라우스와 재색

반바지를 입고 있었다. 그런 옷차림으로 쏜살같이 달려가는 그녀의 뒷모습은 흡사 사내 같아 보였다.

함께 놀고 있던 조무래기들이 일제히 이상한 눈초리로 나를 올려다 보았다. 그 아이들은 이해할 수 없다는 표정을 짓고 있었다. 그러나 그것도 잠시뿐 그애들은 곧 다시 흙장난에 골몰하기 시작했다. 나를 발견한 그녀가 질겁을 하고 달아난 데 대해서 나는 본능적으로 무안을 느꼈고 당황했다. 쉽게 생각하면 그건 적대감이나 경계심의 표현이었다. 그렇지만 반대로 그녀가 그때 그 빈터에서 태연스럽게 놀고 있었더라면 나는 더 크게 실망했을 것이다. 숨바꼭질은 이루어질 수 없기 때문이었다.

나는 빈터의 한쪽 모퉁이로 가서 우두커니 서 있었다. 기다리고 기다리는 것은 내게 익숙한 일이고 그건 내가 맡은 역할이었다. 나는 그녀가 이젠 자기 집 안방 깊숙한 곳에 숨어 다시는 나타나지 않을지도 모른다고 생각했다. 그녀는 다시 나타난 내게 겁을 먹었고 따라서 내가 그 빈터에서 떠날 때까지는 모습을 나타내지 않을 가능성이 많았다. 나의 이 판단은 옳았다. 그녀가 얼마간 겁을 먹었고 무척 당황했다는 건 곧 증거로 나타났다. 그렇지만 그 증거라는 것도 그녀의 모습과 동시에 나타났기 때문에 내가 그 자리에서 떠나야 할 이유는 없었다.

나는 한동안 맞은편의 유리창을 바라보고 있었다. 창은 열려 있었지만 사람 모습은 보이지 않았다. 그녀가 나타난다면 틀림없이 그 창에서 모습을 보여 줄 것이었다. 그런데 갑자기 마당가의 나뭇가지가 그때 흔들렸다. 나는 방금 가지가 흔들린 리기다소나무 쪽으로 눈길을 돌렸다. 그 계집애는 그 리기다소나무 뒤에 몸을 감추고 가지 사이로 얼굴만 반쯤 내밀고 이쪽을 몰래 훔쳐보고 있었다. 그 모습은 마치 큰 새 한 마리가 숲 속에 몸을 감추고 가까이 접근한 사냥꾼의 동정을 관찰하고 있는 듯한 형상이었다. 그녀는 새처럼 동작이 날렵하고 촉각이 예민했다. 그렇지 않다면 그렇게 감쪽같이 나무 뒤에 몸을 숨기지는 못했을 것이다. 내게 자기의 모습을 발각당한 그녀는 잔뜩 긴장한 눈초리로 한참동안 그대로 이쪽을 지켜보았다. 그러다가 갑자기 자기의 행동에 부끄러움을 느꼈는지 몸을 돌려 집 안으로 들어가 버렸다.

빈터에서 흙장난을 하고 있던 조무래기들도 어느덧 모두 떠나고 보이지 않았다. 주위는 아주 조용했다. 이따금 서늘바람이 언덕 위로 불어왔다. 나는 혼자 꽤 오랫동안 서 있었다.

나는 그녀가 제 방으로 들어와서 이윽고 창으로 모습을 나타낼 거라고 확신했다. 오랜만에 내 앞에 나타날 때마다 영애는 꼭 한 번씩 내 조바심을 건드리곤 했다. 일단 모습을 잠깐 보여준 뒤 그녀는 금방 다시 부엌이나 소금창고 뒤편으로 숨어 버린다. 그녀는 내가 창앞에서 자기를 오랫동안 기다리고 있었다는 걸 너무 잘 알았다. 그렇게 오랫동안 기다린 사람 앞에 갑자기 나타났을 때 그녀는 쑥스럽고 어색하고 미안한 것이다. 잠깐 나타났다가 다시 숨는 건 그런 감정의 표시였다. 그런 때는 영애는 반드시 금방 다시 나타났다. 그것은 언약을 지키듯 어김이 없었다.

리기다소나무 뒤에서 그녀가 사라진 뒤 반 시간쯤 지났을까? 이윽고 노란색의 형체가 맞은편 창 안에서 어른거렸다. 그녀는 이미 방 안으로 들어와서 창 뒤에 몸을 감추고 이쪽 동정을 살피고 있었다. 그녀는 섣불리 자기 모습을 노출시키지 않으려고 애를 쓰고 있었다. 그러다가 돌연 그녀의 상반신이 모습을 드러냈다. 노란색의 블라우스가 눈이 부시도록 선명했다. 그녀의 하얀 피부, 큰 눈, 그리고 놀란 새처럼 어릿어릿해 하는 그 진기한 표정이 마치 액자 속의 정물처럼 한눈에 내 시야에 들어왔다. 나는 온몸이 떨리고 가슴이 마구 뛰었다. 가장 단순하고 명료한 구도의 정물화가 거기 있었다. 내가 염산에서 보았던 그 명료한 구도가 아주 훌륭하게 재현되고 있었다.

대담하게 상반신을 드러냈던 그녀는 곧 창문 뒤로 몸을 감췄다. 나는 다시 기다렸다. 30초쯤 지난 뒤 그녀는 다시 나타났다. 이번에는 표정이 전과 달랐다. 그녀는 약간 화난 듯한 표정이었다. 그러나 곧 웃음을 참고 있는 듯한 표정으로 변했

다. 그녀는 웃을 수도 찌푸릴 수도 없는 애매하고 난처한 입장
이라는 걸 표정으로 말해 주고 있었다.

그런데 이때 뜻밖의 상황이 벌어졌다. 그녀와 나, 오직 이
둘만이 존재하는 공간에 엉뚱한 인물이 등장한 것이다. 내 입
장에서 보면 그는 분명 침입자였고, 그의 입장에서 보면 이번
에는 내가 침입자일 수도 있었다. 사십대 후반으로 보이는 대
머리 사내가 이때 그녀의 방으로 들어왔던 것이다. 그는 파란
줄무늬의, 마치 환자복 같은 파자마를 입고 있었는데 얼굴은
새까맣게 우락부락한 용모였으며 게다가 코밑에는 콧수염까
지 기르고 있었다. 나는 그 대머리 중년남자가 그녀의 아빠라
는 걸 금방 알았다. 그는 군인인데 계급은 대령인지 장군인지
알 길이 없었다. 다만 나는 그 사람이 부관을 거느린 고급 장
교라는 것만 알고 있었다. 그런데 왜 이 사람이 이 시간에 집
에 돌아와 있을까? 그러고 보니 그날이 토요일이었다.

그 남자는 다짜고짜 딸이 서 있는 창 앞으로 다가왔다. 그리
고 일단 맞은편 빈터에 서 있는 나를 한 차례 바라보았다. 그
눈초리는 사납고 날카로웠다. 그건 귀여운 딸을 가진 남자들
이 본능적으로 나타내는 기질인지도 모를 일이었다. 그가 나
를 노려보았을 때 나는 몸이 얼어붙어 버리는 줄 알았다. 그는
나를 노려본 다음 딸에게 뭔가를 물었다. 틀림없이 저쪽에서
자기네 집 창을 향하고 서 있는 녀석에 관해 물었을 것이다.

나는 가슴이 마구 뛰었다. 그 계집애가 아빠에게 사실을 고스란히 말해 버릴 가능성이 훨씬 많다고 나는 생각했다. 이런 때는 자유롭게 움직이는 쪽, 즉 밖에 있는 쪽이 절대 불리했다. 그렇다고 그들의 눈앞에서, 특히 그녀가 지켜보는 앞에서 달아날 수는 없는 일이었다. 계집애는 아빠에게 뭐라고 대답을 했다. 그녀는 나를 손가락으로 가리켜 보이기까지 했다. 나는 모든 걸 체념했다. 눈앞이 갑자기 캄캄했다. 기적 같은 행운에는 역시 거기 맞먹는 재앙도 따르는 것이다. 그녀의 아빠가 머리를 끄덕였다. 그런데 이게 웬일일까? 그 남자는 별다른 행동은 하지 않고 곱게 딸의 방에서 나가 버렸다. 나는 그의 행동이 믿어지지 않았다. 그러나 그가 한 마디 불평도 없이 내 시야에서 사라져 버린 건 사실이었다.

그녀는 그 공간에 다시 우리 둘만 남게 되자 이번에는 심술쟁이처럼 얄미운 미소를 입가에 흘렸다. 그것은 아빠의 추궁으로부터 나를 보호했다는 자기의 선행을 내게 뽐내는 미소였다. 그리고 그 순간에 그녀와 나는 우리 둘만의 언어를 갖게 되었다. 우리 둘만의 비밀, 우리만이 아는 신호, 말 없는 언약이 그 순간에 성립된 것이었다.

그날 이후에도 나는 자주 그 언덕 위의 빈터에 나타났었다. 어떤 때는 거의 매일 그곳을 찾아가기도 했다. 거기 갈 때마다 그녀를 만날 수 있었던 건 아니었다. 대체로 두 번에 한 번꼴로 나는 그녀를 만날 수 있었다. 그녀를 만나지 못하고 돌아오면 조바심 때문에 바로 다음날 나는 또 그곳을 찾아갔다.

그렇게 창 앞에 있는 그녀를 자주 보면서도 이상하게도 거리에서나 혹은 버스 속 같은 데서는 한번도 그녀를 만날 수 없었다. 나는 우리가 서로 공모해서 만나는 장소를 한 곳으로 제한하고 있는 듯한 느낌이 들기도 했다. 그렇지 않으면 신께서 우리가 다른 장소에서 만나는 걸 허용하지 않았는지도 모른다. 그렇다고 내가 그녀를 다른 방식으로 만나기를 원한 건 아니었다. 도리어 나는 그런 기회가 있을까봐 두려웠었다. 그런 경우에 나는 어떻게 행동하는지 전혀 몰랐던 것이다. 나는 그런 경험조차 없었다.

대학을 졸업하면서 나는 금호동을 떠났다. 자연히 그 장소와도 멀어질 수밖에 없었다. 그리고 그 몇 해 뒤에 직장에 나가면서는 나도 그 또래 남자들이 누구나 그렇듯이 사람들이 말하는 진짜 연애라는 걸 몇 차례 시도해 보았다. 그런데 번번이 어처구니없는 실패로 끝이 났다. 내가 어처구니없는 실패라고 말하는 건 그 당시에는 실패의 원인을 나 자신도 까마득히 몰랐기 때문이다.

실패는 열 손가락으로 헤아릴 수 없을 정도로 되풀이되었다. 결국 나는 진짜 연애에 관해서는 두 손을 들고 말았다. 내가 존경하는 어떤 노인께서는 나에게 악귀가 씌어서 아직 사랑을 얻지 못하는 것이라고 단정적으로 말했다. 그 악귀는 전생에 나와 악연을 갖고 있는데 지금 그 화풀이를 내게 하고 있다는 것이었다. 따라서 실컷 화풀이를 하고 나면 내게서도 떠날 것이고 그때는 나도 사랑을 얻을 수 있을 거라는 이야기였다.

멀리 있는 방

하숙집 이층에서 베란다로 나와 옆 계단을 올라가면 평평한 슬라브 지붕이 나타난다. 그곳에 물론 사람이 있을 턱이 없는데 그 때문에 나는 그 장소를 유난히 좋아했다. 사람이 잘 오르지 않는 곳이지만 지붕에는 낡은 의자 두어 개가 늘 놓여 있어서 언제라도 거기 올라가 휴식을 취할 수 있었다. 여름 한낮에는 지붕은 가마솥처럼 뜨거웠다. 그러나 나는 그런 걸 가릴 계제가 아니있다. 이제 그토록 맘에 드는 장소에 앉아 있을 수 있는 시간도 하루밖에 남지 않은 것이다. 나는 내일이면 이곳을 떠나야 한다.

내가 겨우 두 달 만에 이 집을 떠난다고 하니까 옆방 친구는 나더러 물었다.

"드디어 외국유학 가십니까? 부럽군요."

옆방 친구는 대학을 갓 나와서 은행에 다니는 아주 얌전한 젊은이이다. 나는 그 말을 듣고 내심 실소를 했다. 부럽다니, 뭐가 부럽단 말인가. 부러운 건 네가 아니라 나다, 이 녀석아. 나야말로 네가 부럽다구. 그렇다고 사실대로 고백할 필요는 없었다. 내가 미소만 짓고 있자, 은행원이 또 물었다.

"어디 좋은 데 일자리가 생기신 모양인데요. 그렇다면 한턱 내십쇼."

나는 이 말에 더욱 어이가 없었다. 한턱을 내라니, 지금 누구더러 한턱을 내라고 하는가. 하긴 아무것도 모르니까 이런 말을 서슴지 않고 할 수 있을 것이다. 모르는 게 약이다. 모르니까 기분좋은 말을 계속 지껄일 수 있는 게 아닌가.

이 아담한 하숙집을 두 달 만에 떠나는 이유는 돈이 바닥이 났기 때문이다. 다른 이유란 없다. 돈이 떨어져서 이곳에 하루도 더 머물 수가 없게 된 것이다. 그런 내게 외국유학을 떠나느냐는 등 한턱을 내라는 등 세상 모르는 소리를 하고 있으니 내 입에서 시원한 대답이 나올 턱이 없는 것이다. 돈이 바닥이 났다는 말도 사실은 정확한 말이 아니다. 돈은 처음부터 없었다. 이 집에 들어올 때 내게는 오직 두 달분의 독방 하숙비에 해당하는 돈이 있었을 뿐이다. 그 돈으로 나는 두 달 동안의 왕자 같은 생활을 샀다. 그것은 마르셀 에이메의 소설 〈생명 제한〉에서 시민들이 생명의 카드를 구입하는 이야기와 흡사

하다. 두 달의 왕자 같은 생활을 위해 돈을 몽땅 지불한 뒤 내게는 현금이라곤 남아 있지 않았다. 따라서 내일 이곳을 떠나는 건 처음부터 예정된 일이었다.

그러나 떠나지 않을 수도 있었다. 이제 와서 다 틀린 일이지만. 두 달분의 독방 하숙비에 해당하는 돈을 얻을 때 잡지 편집자는 말했다.

"그동안에 글을 한 편 써내면 다시 선불을 주는 방향으로 추진해 보겠소. 뭐 두 달이면 슬슬 낮잠을 자더라도 소설 한 편은 써 내게 되지 않겠소?"

평론가이기도 한 잡지 편집자가 내 표정을 날카롭게 살폈다. 나는 아주 대범하게 말했다.

"그야 그렇지요. 걱정마세요. 그러나 원고 끝내면 또 선불을 꼭 부탁합니다."

"그건 너무 걱정마시래두. 내가 책임질 테니까."

추진하겠다던 말이 책임진다는 말로 바뀌었다. 그만큼 내 얼굴에서 자신감을 읽은 탓이다. 자신감이 없어 하는 운동선수에게 투자하는 사람은 없다. 중요한 건 자신감이다. 그래서 나도 편집자에게 유감없이 자신감을 보인 것이다. 그러나 두 달을 나는 허송해버렸다. 선금을 몽땅 써버리고 그동안에 한 장의 원고도 만들어내지 못한 것이다. 그 결과 나는 왕자 같은 생활을 마감하는 수밖에 없었다. 나는 책을 들고 지붕으로 올라가서 거기 놓여 있는 철제의자에 앉았다. 글을 쓰는 대신 나는 책을 읽었다. 지붕 위에 홀로 앉아 책을 읽는 일이 내겐 큰 즐거움이었다. 하긴 주머니가 비었으니 다른 도락을 곁눈질할 여지는 없었다. 해가 시멘트바닥을 뜨겁게 달구고 있었다. 이처럼 뜨거울 때 이곳에서 땀을 뻘뻘 흘리며 책을 읽는 것도 별미라면 별미였다. 고행 가운데 진리와 만나는 옛 고승들의 희열이 아마 이런 기분이었을 것이다.

그러나 그날은 책 속의 활자가 눈에 들어오지 않고 지난날 —비록 두 달에 지나지 않았지만— 의 행복과 갖은 즐거움들이 눈앞에 어른거렸다. 그 두 달이 내게는 마치 내 인생의 전부였던 것처럼 장구한 세월로 느껴졌다. 그만큼 행복했단 증거다. 그 이전의 내 생활은 이곳저곳을 주로 전전하는 뜨내기 생활이었다. 뜨내기란 고달프고 애처로운 것이다. 아무리 많은 꿈을 지니고 다녀도 뜨내기는 하루 지내기가 천날 지내기만큼이나 힘들다. 두 달의 하숙생활은 그런 뜨내기생활과는 견줄 바가 아니었다. 두 달 동안 그 이전의 뜨내기생활을 말끔히 잊어버렸다. 그런 생활은 없었기나 한 것처럼.

눈앞에 하숙집 안주인 얼굴이 먼저 떠올랐다. 안주인은 뽀얀 두 뺨과 자비심이 가득한 눈빛을 지닌 서른 안팎의 여인이었다. 얼핏 봐서는 어느 부잣집의 팔자 좋은 며느리처럼 보였다. 하긴 한때는 그런 입장이었는지 모른다. 젊고 배우처럼 매끈하게 생긴 남편은 하는 일 없이 빈둥거리며 놀았다. 얼마 전까지 사업을 하다가 망했다는데 사실 여부는 알 수 없었다. 그 남자는 동네 당구장이나 기원에 나가서 주로 시간을 보내다가 저녁때는 기분 좋을 만큼 술을 마시고 집으로 돌아오곤 했다.

젊은 안주인은 하숙업의 프로가 아니었다. 그래서 영업에는 서투르지만 대신 품위 있게 행동하고 친절하며 자상했다. 이 집에는 가정부를 따로 두지 않고 모든 일을 안주인 혼자 도맡아 해냈다. 하숙생이 고작 세 사람뿐이어서 다른 일손을 필요로 하지 않는 것 같았다.

밥상을 가져올 때 안주인은 목소리를 내지 않고 언제나 방문을 가만히 두드려 조용하게 신호를 보냈다. 그녀는 발소리도 들리지 않게 사뿐사뿐 복도나 베란다를 걸어다녔다. 이쪽에서 문을 열어주면 밥상을 방안에 들여놓은 뒤 안주인은 상냥하게 말하곤 했다.

"맛있게 잡수세요."

그런 뒤 조용히 문을 닫아주고 발소리를 내지 않고 아래층으로 내려간다. 그런 때 나는 내가 이 집에서 귀빈 대접을 받고 있다고 느끼게 된다. 하숙비가 너무 싼 게 아닌가? 어떤 때는 이런 생각도 하게 된다. 식사를 끝내면 나는 슬리퍼를 끌고 동네 골목길을 산책하거나 지붕으로 올라가서 책을 읽곤 했다. 옆방의 은행원이나 은행원 옆방의 대학생은 이처럼 풍류

적이고 한가로운 생활을 즐기는 나를 무척 부러워하는 눈치였다. 내가 생명의 카드를 한 장 남김 없이 모두 써버린 딱한 사람이란 걸 그들이 알 턱이 없었다. 나는 물론 은행원이나 대학생이 한없이 부러웠다. 그들은 이 아늑한 궁전에서 그들이 원할 때까지는 귀빈 대접을 받으며 지낼 수가 있는 것이다.

비록 형집행을 기다리는 기결수이긴 하나 남들로부터 부러움을 산다는 건 기분좋은 일이었다. 우리들은 서로 상대방을 부러워한 셈이다. 만약 어떤 재벌이 나타나서 나를 이곳에 더 머물게 해준다면 나는 평생 동안 그 사람의 자비심을 노래하면서 살았을 것이다. 꼭 재벌이 아니라도 이 정도의 적선은 가능한 것이다. 그러나 세상에는 제 끼니도 못 찾아먹는 어린 고아들도 많은데 사지가 멀쩡한 나 같은 장정의 풍류생활을 위해 적선할 눈먼 재벌이 있을 리 만무했다. 다음날 나는 어김없이 형집행을 받았다.

짐은 미리 싸두었다. 이부자리는 주인집에서 빌려 사용했고 책상은 그 방에 본래부터 있던 걸 사용했었다. 그 책상은 전에 그 방에 있는 사람이 떠나면서 버린 물건이었다. 그래서 따로 들고 나갈 짐다운 짐은 없는 셈이었다. 이 점은 몸을 가볍게 운신하기 위해서는 이로운 점이었다. 나는 책 몇 권, 쓰지 않은 원고뭉치 하나를 들고 대낮에 그 집에서 나왔다. 원고뭉치는 다만 내게 딸린 짐이란 것밖에는 별다른 의미도 가치도 없는 물건이었다.

내가 문밖으로 나오자, 자비로운 눈빛을 지닌 안주인이 나를 배웅하려고 허둥지둥 문밖까지 쫓아나왔다. 내가 잘못 봤는지는 몰라도 그녀의 눈자위 부근에 물기가 번쩍거리고 있었다. 안주인은 그동안 나를 무척 양질의 식객으로 여겨왔음이 분명했다. 수다를 떨지도 않고 주정을 부리지도 않고 소란떨며 뻔질나게 바깥 출입을 하지도 않으면서 다만 조용히 지붕 위에 올라가 책이나 읽는 손님, 이만큼 조용하고 명상을 즐기는 사람을 만나기도 쉽지 않다고 그녀는 생각했을 것이다. 그동안 소설 한 편만 써냈던들 이런 불상사는 일어나지 않았을 텐데. 그렇다면 그게 어디 마음대로 되는 일이냐? 소설 한 편 쓴다는 건 우주 하나를 창조하는 일만큼이나 힘든 일 아닌가. 나는 차마 누님 같고 연인 같은 안주인의 얼굴을 마주 볼 수가 없었다.

"집을 사서 가신다니 말릴 수도 없네요. 그렇지만 않다면 우리 집에 더 계셔달라고 말하고 싶지만."

집을 한 채 사서 옮긴다는 말은 며칠 전 안주인에게 방을 비우겠다는 통고를 했을 때 즉흥적으로 내가 꾸며낸 말이다. 안주인은 그 말을 조금도 의심하지 않는 기색이었다.

"저도 무척 서운합니다. 그동안 정말 잘 지냈어요."

"가시더라도 틈 날 때 종종 놀러 오세요. 우리 바깥양반도 무척 서운해하던데."

"물론 놀러 와야죠. 자, 그럼 안녕히 계십시오."

인사를 끝내고 나는 빨리 돌아섰다. 머뭇거린다고 사태가 바뀌는 건 아니었다. 더구나 작별을 진심으로 아쉬워하는 이 자비로운 여인의 얼굴을 오래 마주 대하고 있다는 건 큰 고역이었다. 나는 골목길을 지나 큰길로 나왔다. 햇살이 황금빛처럼 눈부셨다. 더위 탓인지 행인들은 별로 많지 않았지만 자동차들은 빈번하게 차도를 달려가고 있었다. 나는 거기 서서 잠시 행방을 궁리했다. 뾰족한 생각이 떠오르지 않았다. 금방 좋은 생각이 떠오르지 않을 줄 나는 알고 있었다. 며칠 동안 머리를 쥐어짰어도 떠오르지 않던 것이 그 짧은 시간에 갑자기 떠오를리 만무한 것이다.

나는 우선 가까운 어느 가게에 딸려 있는 공중전화로 다가갔다. 잡지 편집자에게 내가 그 하숙집을 떠난 걸 알릴 필요가 있었다. 그는 이따금 하숙집으로 전화를 걸어오곤 했었다. 작업의 진척상황을 알고 싶기 때문이었다. 한 마디 말도 없이 종적을 감춘다면 나는 달아난 채무자가 될 것이다. 비록 행선지를 알릴 수는 없어도 내가 그 집을 떠난다는 것은 알려줘야 하는 것이다.

"드디어 끝냈군. 오늘쯤 연락이 올 줄 알고 있었소. 지금 어디 있소? 그 집입니까?"

내 목소리를 듣고 편집자는 대뜸 이렇게 말했다. 나는 잠시 짬을 둔 다음 천천히 말했다.

"그게 아니고 그 집에서 오늘 나왔다는 걸 알려드릴려고 전화한 겁니다. 미안합니다."

"그럼 아직 원고를 못 썼다는 얘기로군요."

"그렇습니다."

"시작도 못했나요?"

"네."

"참 딱하군. 도대체 두 달 동안이나 뭘 하고 지냈어요? 알 수가 없군요. 그래, 그 집을 나와서 어디로 가실 거요? 우리하고 연락을 취해야 할 텐데."

"그래서 지금 전화하는 겁니다. 원고가 되면 즉시 연락을 하지요."

"가실 데는 있어요?"

"연구중이에요. 연락은 취할 테니 걱정마십시오."

"알았습니다. 연락을 기다리고 있겠소."

나는 공중전화 옆을 떠났다. 그리고 시내 중심가 쪽으로 천천히 걷기 시작했다. 쓰려고 했던 소설은 방에 관한 것이었다. 돈도 없고 땅도 없는 어느 무주택자가 도시 변두리의 산동네 빈터에 방을 짓는 이야기였다. 그런데 제목도 줄거리도 끌어가는 방법도 떠오르지 않았다. 집을 짓는다? 단순히 집을 짓는 것만으로는 소설이 될 것 같지 않았다. 물론 방을 만드는 과정에서 여러 차례 수난을 겪는다. 동사무소 감시원들은 무허가 건축을 허용하지 않기 때문이다. 수난을 겪는 것만으로 이야기를 끌어가는 건 너무 단조롭고 상투적이었다. 비록 무허가일망정 인간이 방을 만드는 데는 뭔가 다른 꿈이 있을 것이다. 다만 잠을 자는 장소를 얻기 위해 방을 만들지는 않는 것이다. 아니다. 잠을 자기 위한 장소를 얻기 위해, 오직 그 목적 하나 때문에 방을 만드는 사람들도 많이 있다.

내가 쓰려고 한 소설도 사실은 그런 사람의 이야기다. 그러나 그 이야기는 너무 상투적임에 틀림없다. 거기에 뭔가 꿈을 가미해야 한다. 그래야 소설이 비로소 생명을 얻고 숨을 쉬게 될 것이다. 그 꿈이 찾아지지 않았다. 뭔가 분명 있을 텐데 아직 그 꿈이 찾아지지 않았다.

나는 이문동을 나와서 동대문으로 향하는 큰길까지 왔다. 거기 서서 꽤 오랫동안 지나가는 차들을 구경하고 있었다. 나는 급할 것이 없었다. 시간은 많은 셈이었다. 내게 유일하게 많은 것이 있다면 그건 시간일 것이다. 나는 서둘러야 할 이유가 없었다. 게다가 왕자 같은 생활을 하다가 갑자기 거리의 미아가 되었으므로 새 환경에 적응하자면 얼마간 시간이 필요했다. 한참 서서 지나가는 자동차를 보고 있던 나는 다시 걷기 시작했다. 처음에는 이문동에서 동대문까지 먼 길을 걸었다.

다음에는 동대문에서 방향을 바꿔 청량리역까지 걸었다. 그런 뒤에 다시 청량리역에서 동대문을 향해 걷기 시작했다. 어느덧 해가 기울기 시작했다. 뜨겁던 열기도 천천히 걷히었다. 미래에 대한 불안이 걷고 있는 동안 머릿속을 떠나지 않았다. 그것도 아주 가까운 미래의 불안이었다. 불안이 머리속을 흐르는 사이사이로 나는 무주택자의 방에 관해, 그 방이 지닌 꿈에 관해 끊임없이 생각했다. 그래도 역시 실마리가 잡히지 않았다.

"아니 이거 선배님이 아니세요?"

땅바닥을 보고 걷고 있는데 누가 앞을 가로막았다. 눈을 들어 앞을 막아선 얼굴을 봤는데 누군지 금방 알 수가 없었다.

"실례지만 누구시더라?"

"아이구 선배님도 참 딱하시네. 하긴 기억 못하실 수도 있겠지요. 워낙 오래 전이라. 재작년에 호남선 기찻간에서 같은 좌석에 앉아 있던 차일석이를 그래 모르시겠습니까?"

차일석은 행인늘이 깜짝 놀랄 정도로 큰 소리로 떠들었다.

"오, 차일석 씨. 기억하고 있습니다. 기억하다마다요. 내 정신 좀 봐."

"지금 선배님께서는 어디를 가고 계십니까? 멀리서부터 저는 선배님을 알아봤는데 무슨 생각에 굉장히 골몰하면서 걸어오시더군요. 뭘 그리 열심히 생각하십니까?"

"아, 아무것도 아니오. 뭐 혼자 산보 좀 하고 있달까. 마침 시간이 좀 남아서. 아직 학교에 다니고 있소?"

차일석은 내가 다니던 학교 십 년 후배였다.

"네. 원래는 지난번 졸업인데 일 년 꿇어가지고 아직도입니다. 참 말씀 낮추세요. 십 년이나 선배님이신데. 시간이 있으시다니까 마침 잘 되었습니다. 저랑 다방에 가서 차나 한잔 하시지요."

나는 손을 저으며 말했다.

"고맙군. 그런데 자네가 모처럼 차를 마시자고 하는데 좀 야박한 말이지만 그 차 마실 돈 내게 좀 빌려주면 어떻겠나? 많은 돈은 필요치 않네. 사실은 내가 지금 어디를 가야 하는데 마침 차비가 떨어졌다구. 이거야 원 창피해서 누구에게 말할 처지도 아니고."

키는 작고 체구는 단단하며 얼굴은 동안인 차일석이 내 말에 잠시 어리둥절한 것 같았는데, 그는 곧 침착한 표정을 회복하고 내게 말했다.

"그럼 이렇게 하면 어떨까요? 차도 마시고 제가 차비도 따로 드리면 되지 않습니까? 물론 시간은 있으시겠죠?"

이렇게 되어 나는 차일석과 다방으로 들어갔다. 다방에서는 먼저 지난번 우리가 호남선 기차에서 처음 만났던 때를 회상했다. 그때 차일석이 삶은 계란 한 꾸러미를 사서 먹다가 옆자리에 앉아 있는 내게 삶은 계란 한 개를 권하면서 우리가 서로 알게 되었고 대학 선후배란 사실도 알게 되었다는 이야기를 우리는 다시 회상했다. 차일석은 즐거운 표정으로 말했다.

"저는 삶은 계란을 특히 좋아합니다. 앉은 자리에서 삶은 계란 스무 개쯤 게 눈 감추듯 먹어치우죠."

"식성이 대단한데."

나는 건성으로 대꾸했다. 이따위 시시한 이야기를 한참 동안 나누다가 차일석이 내게서 뭔가 이상한 낌새를 알아챈 듯 갑자기 엉뚱한 말을 물었다.

"아까 가신다던 곳이 대관절 어딥니까?"

"그건 왜 묻나? 오랜만에 친구나 만나볼까 하고 친구 찾아가는 길이었지."

"그 친구가 어디 있는데요?"

"자넨 마치 형사처럼 꼬치꼬치 묻는군. 서교동에 그 친구네 집이 있어. 거길 가던 길이야."

"서교동까지 여기서 걸어가실 생각이었다구요?"

"시간이 있으니까 천천히 걸어갈 생각이었네. 가다가 자네 같은 후배라도 만나면 차비를 얻을지 누가 아나?"

"그 친구를 오늘 꼭 만나보셔야겠습니까?"

"아냐, 반드시 그런 것도 아닐세. 그런데 왜 그걸 묻나, 자네?"

"꼭 거기 안 가셔도 된다면 오늘 저와 함께 제가 묵고 있는 하숙집으로 가시면 어떨까 하구요. 제가 왜 이런 말씀을 드리느냐 하면 저랑 같이 방을 쓰는 친구가 사실은 열렬한 문학청년이란 말입니다. 선배님 얘길 언젠가 했더니 꼭 한번 뵙고 싶다고 하던데요. 법과대학에 다니는데 시골 부모님들은 고시준비하는 줄 알고 보약이다, 책값이다 하고 뻔질나게 보내주는데, 이 친구 고시 같은 건 잊어먹은 지 오래고 밤샘해 가며 소설 쓴답시고 정신이 없어요. 그러니 선배님께서 가서 정신 좀 차리라고 충고를 해 주시면 그 부모님들을 위해 얼마나 다행이겠습니까? 제가 뭘 알겠습니까마는 그 친구가 썼다는 소설을 읽어봤더니 하품만 나오고 뭐가 뭔지 종잡을 수가 없더라구요. 참 딱한 친구죠."

참 딱한 친구죠. 차일석의 입에서 마지막으로 나온 이 말이 꼭 나를 두고 하는 말처럼 내 귀에 아프게 들렸다. 이 녀석은 보기보다 영악한 녀석이고 이 녀석 앞에서 어설프게 굴었다간 큰 망신 당하겠다고 나는 생각했다. 하긴 이미 나는 차일석에게 어설픈 짓을 저지른 뒤였다. 차비를 꿔달라고 하지 않았는가. 차일석의 계산은 그러니까 문학청년인 자기 친구에게 나의 딱한 모습을 전시함으로써 그 친구의 문학에 대한 열정을 잠재우려고 하는 것이다. 나 같은 사람도 때로는 이용가치가 있구나 하고 나는 감탄했다.

"자네는 나더러 악역을 맡아달란 말이지?"

"그게 어디 악역입니까? 한 사람을 바른 길로 인도하는 목자의 역할이라고 저는 보는데요. 생각해 보세요. 가망도 없는 녀석이 밤낮 원고지와 씨름하고 있으니 가정적으로나 국가적으로 얼마나 손실이 큽니까? 잘만 하면 판검사가 되어 부모님 호강시키고 국가의 동량 역할을 충분히 할 수 있는 녀석인데 말입니다."

들고 보니 그럴 법한 논리였다.

"하긴 내가 가면 말을 하지 않고 가만히 앉아만 있어도 일단 효과는 있을 거야. 자네도 바로 그 점을 계산하고 있을 거고."

"아니, 말씀 안 해도 효과가 있다니, 그게 무슨 말씀입니까? 말씀을 하셔야죠."

"내 이 꼬락서니를 보면 그 친구가 당장 마음을 고쳐먹을 게 아닌가. 허구한 날 하는 일도 없이, 갈 곳도 없이, 오라는 사람도 없이 거리를 배회하다 대학 후배에게 끌려온 내 꼴을 보면 그 친구 아마 소설 따위는 당장 단념하게 될 거야. 만약 나를 보고도 다시 소설을 쓰겠다고 한다면 그건 예삿일이 아니지."

"아니, 방금 친구에게 가신다고 하지 않았습니까? 왜 갈 곳이 없다고 하세요."

"이렇게 되었으니 실토하지. 그건 농담이야. 나 오늘 하숙비가 떨어져 거리로 나왔네. 당장 잘 곳도 없고 먹을 것도 없네.

이제부터 풍찬노숙이란 말 그대로를 실천할 예정이지. 어디서
원고 써달라고 해서 선금 받아다 다 까먹고 원고는 못 쓰고 나
온 거야."

"그럼 더욱 잘되었지 뭡니까? 여기서 시간 보낼 것도 없네
요. 저희 둘이 쓰는 방이 꽤 넓습니다. 잠자리는 걱정하실 것
없어요."

"그건 알겠는데 거기서 나 원고 좀 쓸 수 있을까?"

"아 그거야 우리 둘이 학교 가고 나면 종일 방 비우겠다, 책
상 있겠다, 사방이 조용한데 뭐가 걱정입니까? 낮에는 선배님
혼자 마음대로 방을 쓰세요."

이야기는 아주 자연스럽게 풀린 셈이었다. 나는 차일석을
따라 휘경동에 있는 그의 하숙방으로 갔다. 두 사람이 묵고 있
는 하숙방은 차일석의 말과는 딴판으로 좁고 냄새도 심했다.
책상 두 개를 놓고 사람 셋이 앉으니까 더 이상 발을 들여놓을
틈이 없었다. 나는 불현듯 내가 그날 아침까지 몸담고 있었던
이문동의 그 쾌적한 방이 그리웠다. 이 방은 주위환경이나 내
부조건이나 이문동의 그 궁궐에 비길 처지가 아니었다. 게다
가 차일석의 친구라는 법학도 겸 문학도는 어딘지 나사가 풀
린 사람처럼 침착한 데가 없고 목소리는 마치 확성기를 달고
다니는 사람처럼 찌렁찌렁 울렸다.

그런데 뭣보다 나를 더 당혹시킨 건 그 무렵 하숙가에 유행

150

하던 포커 게임 열풍이 이 좁고 냄새나는 방에까지 불고 있다는 사실이었다. 저녁식사가 끝나자, 다른 방 학생들까지 차일석의 방으로 포커 게임을 하려고 몰려들었다. 나는 포커 게임을 할 줄 모를 뿐 아니라 돈도 없기 때문에 거기에 끼어들지 못했다. 또 끼어들고 싶지도 않았다. 학생들이 자정이 훨씬 지날 때까지 소리소리 질러대며 그 방에서 포커 게임을 즐기고 있었다. 나는 피곤하고 졸음이 쏟아졌지만 내 몸을 누일 자리는 없었다. 나는 한쪽 구석에서 책상다리를 하고 앉아 졸음과 싸우며 왕자님들의 포커 게임이 끝나기만을 기다렸다.

낮에 방을 비워준다는 말도 사실이 아니었다. 두 사람 가운데 하나는 늘 방에 머물렀다. 학교에서는 날마다 수업을 하지 않는 모양이었다. 결강이 많다고 투덜거리는 소리를 몇 번 들었다. 어쩌다 방을 비울 때가 있었다. 나는 소설 한 편을 써내면 이문동의 그 궁궐로 다시 돌아갈 거라는 꿈을 꾸고 있었다. 그 꿈에 이끌려 나는 책상 앞으로 가서 자세를 고쳐잡고 앉아보곤 했다. 어디서 시작할까? 무주택자가 산동네로 올라가서 빈 땅을 찾아내고 집을 짓기 시작한다. 거기까지 써나가다 갑자기 길이 막혔다. 이 대목에서 길이 막힐 줄은 미리 예상했던 일이다. 방을 만드는데 그 방은 뭔가 인간의 꿈이 있어야 한다. 단순히 잠만 자기 위해 방을 만든다면 그건 너무 단순하고 상투적인 이야기가 되는 것이다. 그 꿈이 뭘까? 그게 머리에서 금방 떠오를 것 같다가도 종적을 감춰버리곤 했다. 그 실마리만 찾게 되면 나는 이문동의 궁궐로 보란 듯이 복귀할 수가 있을 텐데 말이다. 그 실마리를 쫓다가 시간을 모두 허비해 버린다. 정적이 머물던 시간은 오래 가지 않아 왕자님들의 떠들썩한 입성으로 끝나버린다. 그리고 내가 정작 두려워했던 일이 일어났다.

그 열광적인 문학도가 어느 날 깊은 밤에 드디어 자신의 손으로 씌어진 문제의 작품을 내 앞에 내어놓고 내게 일독을 요구한 것이다. 이제 내가 악역을 할 차례였다. 사실 이 역할은 이미 내가 여기 올 때부터 약속된 역할이었다. 다만 포커 게임 열풍에 밀려 얼마 동안 유예되었을 뿐이었다. 이 역할은 내가 여기서 식객으로 남아 있을 수 있는 대가이기도 했다. 세상에 공짜란 없는 법이다.

문제의 작품은 이백 자 원고지 삼백 장에 해당하는 길고 긴 역작이었다. 차일석의 친구이자 문학도인 유기만 군은 이 작품을 불과 일주일 만에 단숨에 써냈다고 자랑삼아 말했다. 제목은 〈도전〉이었다. 나는 졸음을 참아가며 〈도전〉을 가까스로 읽어냈다.

"일주일 만에 써냈다니 놀랍군. 그렇게 글이 잘 써지나?"

작품을 읽은 뒤 별로 할 말이 없어서 나는 유기만에게 물었다.

"그거야 발동이 걸리기만 하면 쓰는 건 문제가 아니죠. 영감이 떠오르느냐가 문제지. 어떻습니까? 소감을 말씀해 주셔야 할 게 아닙니까?"

유기만이 자신있는 표정으로 나를 바라보며 말했다. 나는 빚을 갚지 못하는 채무자처럼 더듬거리며 말했다.

"그야 그래야지. 그런데 좀 난해하군. 그러니까 이야기는 사냥꾼이 호랑이와 맞서는 장면에서 시작해서 역시 그 상태로 끝나는 것 아닌가? 공포감을 극복하나는 얘긴지 적대감을 상실하게 된다는 얘긴지 내 머리로는 잘 이해가 안되는데. 장면도 단조롭지만 문장도 어지럽군. 뜻이 잘 전달되지 않는 데가 많아."

"하! 소설을 너무 모르시는군." 유기만은 얼굴을 붉히며 노골적으로 나를 비아냥거렸다. "아니, 소설을 모른다기보다 철학을 모르기 때문에 그런 오해가 발생하는 겁니다. 이건 니체의 초인주의에서 주제를 따왔어요. 니체를 모르면 이해가 안될 수밖에요."

"니체를 모르는 사람이 읽어도 쉽게 이해가 가게끔 써야 소설이 되지 않을까? 니체에서 주제를 따왔다고 하더라도 말야."

"소설이 안 되어 있다는 말입니까?"

"그거야 단언하기 어렵지만."

"분명히 말씀을 하십시오. 애매한 건 질색입니다."

"내가 보기엔 소설로서는 좀 그런 것 같군. 소설은 먼저 이
야기가……."

"대화가 좀 통할 줄 알았는데 실망했어요. 일석이는 선생님
을 대단하게 평가하던데. 하긴 녀석은 문학에는 깡통이니까."

"미안하군. 난 모르는 게 너무 많아. 그러니 자네 작품을 정
말 잘 아는 사람에게 한번 다시 보여보게나. 뭐 학교 교수님
가운데 그런 분이 있을지도 모르지."

"흥, 교수들이 뭘 알아요?"

유기만은 화가 나서 원고를 들고 건넌방으로 건너가 버
렸다.

이튿날 유기만이 학교에 간 사이 길 떠날 차비를 마치고 있
는데 마침 차일석이 들어왔다. 길 떠날 차비래야 마음의 준비
를 하는 것뿐 따로 꾸릴 짐 같은 건 없었다.

"이거 봐, 자네가 친구를 너무 과소평가한 것 같군. 역시 예
삿일이 아니었어."

"어젯밤 무슨 일이 있었나요?"

"그 친구 작품을 봤지."

"그래, 어땠어요?"

"잘 모르지만 지금 상태는 이게 아닌지 모르겠는데." 나는
손가락으로 머리를 가리켰다. "이런 친구는 누가 뭐라고 해도

효과가 없을걸. 부모님께 알려서 병원치료를 받는 수밖에는."

"그 정도로 심각합니까?"

"의사가 아니니까 잘 모르겠어."

"저도 짐작은 했지만 설마했는데요."

"나는 가겠네. 이제 내 역할은 필요없게 되었어. 괜히 자네에게 부담이 되고 싶지는 않아."

나는 원고뭉치를 들고 문밖으로 걸어나왔다. 차일석이 얼마간 당황한 표정으로 뒤따라나왔다.

"선배님, 지금 어디로 가실 겁니까?"

그는 처음 만났을 때처럼 또 행방을 물었다.

"글쎄, 서교동 친구에게나 가볼까 하는데."

나는 또 거짓말을 했다.

그렇다고 갈 데가 없다고 말할 수는 없지 않은가. 차일석이 뭔가를 내 호주머니 속에 재빨리 집어넣어줬다. 돈이었다. 많은 돈은 아니고 겨우 서교동까지 두어 번 왕복할 수 있는 교통비였다.

차일석과 작별하고 나는 큰길로 나왔다. 일주일을 나는 차일석의 하숙방에서 묵은 셈이었다. 내가 만약 니체의 숭배자였더라면 나는 그 냄새나는 방에서 좀더 오래 머물렀을는지 모른다. 그러나 이런 때는 니체의 숭배자가 아니었다는 게 도리어 다행으로 여겨졌다. 왜냐하면 그 냄새나는 방에서 나온 일이 후련했던 것이다.

큰길로 나온 뒤 나는 다시 동대문 쪽으로 걸었다. 나는 동대문을 지나 계속해서 걸어갔다. 정신없이 걷고 있는데 문득 주위를 살펴봤더니 주택가 골목길로 들어와 있었다. 주위에는 좋은 이층 양옥들이 즐비했다. 아마 자신도 모르는 사이 휴식의 필요를 느끼고 조용한 골목으로 찾아들었는지 모를 일이었다. 다리는 많이 지쳐 있었고 정신도 아득했다. 나는 약간 경사진 골목의 돌계단 위에 털썩 주저앉았다. 벌써 오후가 기울고 있었다. 해가 눈앞의 키 큰 은행나무 가지에 걸려 있었다. 은행나무는 파란색 이층 양옥의 울타리 안에 서 있었는데 무척 오래된 고목이었다. 은행나무 가지 사이로 양옥의 이층 베란다가 보이고 베란다 저쪽으로 유난히 큰 유리창이 보였다. 나는 그 창이 이층 방에 달린 창이라고 생각했다. 그 창에서는 일대의 주택가를 조망할 수 있었다. 유난히 큰 창을 보는 순간, 나는 마음속으로 중얼거렸다.

'저렇게 큰 창이 있는 방에서 글을 쓴다면 글이 한층 잘 써질 건 분명하다. 바로 저 이층 방을 얼마 동안 빌릴 수는 없는 것일까.'

그러나 스스로 공상임을 나는 알고 있었다. 내가 만약 집 주인에게 방을 빌려달라고 말한다면 주인은 나를 미치광이로 여길 것이다. 나는 이층의 큰 창을 뚫어져라 쳐다봤다. 그때 뭔가 빠르게 머리를 스쳐갔다. 그렇다. 유난히 큰 창, 바로 이것이다. 나는 드디어 소설의 실마리를 찾아냈다.

큰 창은 부자들의 전유물이다. 그러나 가난뱅이에게도 커다란 창이 필요한 것이다. 창은 자유와 꿈으로 가는 통로이다. 창을 통해 마음껏 숨을 쉬고 꿈의 전망을 바라볼 수가 있다.― 나는 종이에 대충 이런 내용을 빨리 적었다. 나는 마음이 급해졌다. 이제 장소만 있다면 무주택자의 이야기를 쓸 수 있을 것 같았다. 나는 계단에서 일어서서 골목을 천천히 빠져나왔다. 주머니에 한 잔의 찻값 정도는 가지고 있었다. 내가 나온 골목은 청구동 주택가 골목이었다. 조용한 다방을 찾아 들어가고 싶지만 돈이 너무 아까웠다. 찾아보면 이 도시에도 공짜로 제공되는 조용한 장소가 있을 것이다. 이런 생각을 하며 인도를 걷고 있는데 어느 교회 정문이 나타났다. 문기둥에 장로교회라는 동판이 붙어 있었는데 뜻밖에 건물이 크고 교회당 구역이 넓었다. 넓은 교회당 마당에는 사람이 보이지 않았다. 나는 무엇에 이끌리듯 교회당 마당으로 들어갔다.

입구 정면에는 교회 본관건물이 있고 왼쪽에도 제법 규모가 큰 부속건물이 있었는데 이곳은 친교회관이거나 교육회관으로 쓰이는 것 같았다. 이 부속건물의 앞 계단이 유난히 내 눈길을 끌었다. 대리석을 된 계단은 경사가 완만하고 면적이 넓었다. 누가 훼방만 놓지 않는다면 집필 장소로 더할 나위없이

제격이었다.

나는 대리석 계단 위에 원고지를 펼쳐놓고 거기 엎드려 그 무주택자의 이야기를 쓰기 시작했다. 그 사람은 혼자 산동네로 올라가서 이윽고 빈 땅을 찾아낸다. 그는 방 하나를 짓기 시작하는데 창을 지나치게 크게 만든다. 이것이 소설의 골자였다. 동직원이 와서 창을 작게 개조하지 않으면 무허가 건물을 용납하지 않겠다고 으름장을 놓는다. 그 남자는 그러나 고집을 꺾지 않고 최초의 설계도를 그대로 밀고 나간다. 결국 방은 철거되고 만다.

이야기는 순조롭게 풀려갔다. 실마리를 찾아낸 덕분이었다. 친교회관의 대리석 계단은 내가 처음 예상했던 것처럼 글을 쓰는 데 더할 나위 없이 훌륭한 장소였다. 난 기쁨으로 가슴이 떨렸다. 매일 이곳으로 와서 글을 쓰리라. 그리고 작품이 완성되면 교회당 마당 한쪽에 설치된 공중전화에서 잡지 편집자에게 전화를 하리라. 그런 뒤에 이문동의 그 궁전으로 복귀하리라. 어두워지면 나는 일단 교회당을 떠났다가 다음날 그 장소로 다시 돌아올 생각이었다. 나는 쾌적한 기분으로 무주택자의 이야기를 써나갔다.

그런데 역시 세상에 공짜가 없다는 말은 맞는 말이었다. 계단 위에 엎드려 원고지를 메우느라고 여념이 없는데 등뒤에서 갑자기 사람 소리가 들렸다.

"거기서 뭘 하고 있어요?"

목소리는 냉랭하고 야멸찬 여인의 소리였다.

나는 깜짝 놀라 뒤를 돌아봤다. 허름한 검정색 스커트와 흰색 블라우스를 입은 중년여인이 빗자루를 든 채 눈앞에 서 있었다. 얼굴 표정도 싸늘했고 눈빛도 싸늘했다. 뭘 하다니? 이런 때 뭐라고 대답하나?

"이 교회에 계십니까?"

나는 대답 대신 엉뚱한 걸 물었다.

"여기 관리하는 사람인데요. 어디서 오셨죠?"

"네, 저 미안합니다. 지나가다가 이곳이 마음이 들어 잠시 들어왔을 뿐입니다. 곧 나가겠습니다."

"아무나 들어와서 쉬는 장소가 아니에요. 지금 청소를 하니까 나가 주세요. 빨리요."

"네, 알았습니다. 나가죠, 뭐."

소설은 벽을 세우는 데까지 진행된 상태였다. 아직 초반을 못 벗어난 셈이었다. 벽을 세운 다음에는 거대한 창틀을 끼워 넣어야 한다. 이 부분이 소설의 핵심이었다. 이 핵심을 빨리 쓰고 싶었는데 그만 쫓겨나다니, 안타까운 일이 아닐 수 없었다. 나는 원고지를 주섬주섬 주워 모아 종이봉투에 넣고 일어서서 그 교회당을 나왔다. 빌어먹을 여편네 같으니라고. 그게 어디 자기 교회당인가. 하나님의 양떼들이 이용하는 곳이지.

어디로 갈까? 막상 거리로 나왔으나 갈 곳이 막연했다. 원고 쓸 장소도 있어야겠지만 당장 잠을 잘 곳도 구해야 할 형편이었다. 해는 벌써 서산을 넘어갔고 어둠이 거리에 깔리기 시작했다. 나는 약수동 로타리로 걸어갔다. 로타리에서 한강 쪽으로 가는 길은 풍치도 좋은 편이고 사람이나 자동차 왕래도 뜸한 편이었다. 옛날 이 부근에서 산책을 자주 했기 때문에 나는 지리를 잘 알았다. 그 길을 한가하게 걷고 있는데 오른쪽 주택가 골목 입구에 조그만 여관 간판들이 비쭉비쭉 얼굴을 내밀고 있었다. 여관 간판을 내걸었지만 실상은 여인숙이나 다름없는 싸구려 숙박업소 들이었다. 내겐 그 볼품없는 간판들이 그렇게 다정하게 보일 수가 없었다. 저 간판들 중의 어느 한 집에서 나는 부득이 신세를 져야 할 것이다. 나는 이미 그 점을 충분히 예감하고 있었다. '동명여관'이란 입간판이 곧 눈앞에 나타났다. 나는 간판에 표시된 화살표를 따라 골목 안으로 들어갔다. 여관은 기역자 형의 작은 기와집인데 큰길에서 깊숙이 들어와서 분위기가 무척 조용했다. 게다가 제법 마당도 넓었고 담장을 따라 늘어서 있는 싸구려 관상수 몇 그루가 은은한 정취마저 자아내고 있었다. 나는 금방 그것이 마음에 들었다.

여관 입구 문간방에 혼자 앉아 집을 지키던 여인이 작은 유리창을 열고 얼굴을 내밀었다.

“무슨 일로 오셨지요?”

나는 공연히 죄지은 사람처럼 뒤로 한 발짝 물러섰다.

“아 네, 방을 좀 빌릴까 하구요.”

“방 있어요. 며칠이나 기실 건데?”

사람 좋게 생긴 중년여인이 나를 넌지시 바라보았다. 이런 때는 어물거리는 것보다 처음부터 솔직대담하게 나가는 게 이롭다는 걸 나는 체험으로 알고 있었다. 중요한 고비일수록 솔직대담해지는 게 상책인 것이다. 나는 문간방 마루에 털썩 주저앉았다.

“아주머니, 나는 이 집이 아주 맘에 듭니다. 이 집에서 일을 하고 싶어요. 그런데 말입니다. 아주머님께 의논 한 가지 드려야겠는데 괜찮을까요?”

“말씀해 보세요.”

여인이 생각보다 느긋하고 태연하게 대꾸했다. 하긴 싸구려 숙박업을 해오면서 사람을 좀 많이 겪어봤을까. 어지간히 미친 놈이 아니면 누구나 고스란히 상대를 해야 하는 직업이 아닌가.

“사실은 제가 지금 무슨 일을 끝내야 하는데 이 일을 끝내면 돈이 나옵니다. 이틀이나, 늦어도 사흘 정도면 끝낼 수 있어요. 그러니까 그때까지만 숙박비를 외상으로 해달라는 겁니다. 이틀이나 사흘, 그동안만 참아주시면 틀림없이 지불하겠습니다."

"아이구, 외상은 싫어요. 빈 방 그대로 뒀으면 뒀지, 외상손
님은 안 받아요. 내가 첨에는 멋모르고 외상손님 덜컥덜컥 받
았다가 돈 떼인 게 얼만데. 외상은 안 받아."

말은 이렇지만 표정은 여전히 부드럽고 느긋했다. 나는 이
정도면 반응이 좋은 셈이라고 생각했다.

"아주머니, 내가 그까짓 돈 몇 푼 떼먹고 달아날 놈처럼 보
입니까? 우리나라 사람들은 남을 못 믿는 게 큰 병이라니까.
이렇게 못 믿어가지고 어떻게 사회가 밝은 사회가 되겠습니
까?"

"내가 믿고 싶어도 그렇게 안 되는 걸 어떡해요. 말씀은 옳
은 말씀이지만."

내가 심하게 비분강개하는 태도로 나가자, 여주인이 도리어
당황했다.

"정 그러시다면 그럼 방을 쓰세요. 약속만 지킨다면 그야 왜
방을 못 드리겠어요. 우리집은 맨날 손님이 없어가지고 방을
놀리고 있는데."

"전화 있어요?"

"전화는 없어요. 저기 길 건너에 가시면 공중전화가 있습니
다. 그놈의 전화 논다논다 하면서 여태 못 놓고 있지 뭐예요.
전화 땜에 들어왔다가 나가는 손님도 숱해요."

"나는 그렇지는 않습니다. 전화 자주 할 일도 없고 딱 한 번 쓸 일이 있으니까요."

여주인의 안내를 받아 이 집에서 가장 조용하다는 방으로 들어가서 자리를 잡았다. 책상 대용으로 여주인이 밥상을 빌려주었다. 원고지와 만년필, 그리고 밥상, 준비는 이제 완료된 셈이었다. 물론 독방을 마련했다는 사실이 가장 감격적인 사실이었다. 방은 작았지만 혼자 사용하기에는 넉넉했고 그런대로 방이 깨끗했다.

이문동의 궁전이 문득 떠올랐다. 그 궁전에서 독방을 사용해본 뒤로 오랜만에 독방을 차지한 것이다. 그러나 그 궁전과 다른 점은 음식이 제공되지 않는다는 사실이었다. 돈은 바닥이 났고 나는 아예 며칠 동안 극기하기로 결심했다. 그것은 그다지 힘든 일은 아니었다. 원고를 메우면서 하루 세 끼를 꼬박꼬박 찾아 먹는 일은 그 자체가 고역이며 시간낭비인 것이다. 나는 전부터 단식을 하면서 글을 쓸 수만 있다면 공복상태가 창작에는 가장 이상적일 거라는 생각을 해왔다. 그것을 시험해 보는 좋은 기회를 만난 셈이었다.

첫날은 너무 피곤해서 일찍 잠을 잤다. 이튿날 오후부터 나는 다시 그 무주택자의 이야기를 쓰기 시작했다. 주인여자는 종일 나를 내버려두었고, 그 여관에는 종일 한 사람의 손님도 찾아들지 않았다. 그것은 내게는 축복이었다. 사흘 동안 나는 원고지를 메워갔다. 공복 때문인지 진전이 얼마간 느렸다. 그것도 하나의 새 사실을 알게 된 셈이었다. 나흘 만에 이윽고 탈진상태가 찾아와서 원고지 한 장 쓰기가 천리 길을 가는 것처럼 힘들었다. 주인여자가 처음으로 방을 기웃거렸다.

"염려마세요. 일은 거의 끝냈으니까."

"내가 냉수라도 한 잔 드릴까?"

"고맙습니다. 이제 곧 끝낼 참입니다."

주인여자가 냉수 한 사발을 가져왔다. 그걸 마시고 힘을 얻어 마지막 장면을 써내려갔다. 본래 예상했던 것보다 이야기를 단축시켰다. 숙박비 관계로 너무 이야기를 오래 끌어나갈 형편이 아니었다. 사흘만에 약속을 지키기로 했는데 벌써 나흘이 지나버린 것이다. 나흘이 지나고 닷새가 되면 사람 좋은 여주인도 나를 내버려두지는 않을 것이다. 나는 서둘러 이야기를 끝마쳤다. 나는 마지막 문장을 쓰고 나서 맞은편 벽을 한동안 멍하니 쳐다봤다. 벽의 격자무늬가 눈앞에서 봄날 아지랑이처럼 가물거렸다. 내가 방금 끝낸 작품이 정말 돈이 되어 돌아올지 혹은 휴지로 전락할지 왠지 자신이 없었다. 쓰는 동안에는 그런 불안은 전혀 없었는데 막상 끝을 내고 나자 까닭 없이 헛수고를 한 것 같은 의구심이 머리를 쳐들었다. 그러나 이제 오던 길을 되돌아가기에는 너무 늦었고 나는 너무 지쳐 있었다. 나는 일어나서 밖으로 나와 신발을 신고 공중전화가 있는 큰길로 나갔다. 나는 편집자에게 전화를 걸었다.

"원고를 끝냈다구요? 아이구, 큰일 해냈수다. 지금 이리로 가지고 오겠소?"

"저 내가 지금 차비가 없어서 그런데요."

"알았어요, 무슨 말인지. 거기가 어디요? 내가 지금 그쪽으로 가리다."

나는 여관의 위치를 자세히 편집자에게 알려주고 전화를 끊었다. 그러나, 그 순간 갑자기 하늘이 노래지면서 심한 현기증이 나를 강타했다. 나는 벽에 몸을 기대고 하늘을 다시 쳐다봤다. 하늘은 여전히 푸른 하늘이었다.

자유와 이상 —상징적 사실체

김주연(문학평론가·숙명여대 교수)

송영 씨의 소설문체는 다분히 서구적인 냄새를 풍긴다. 문체뿐 아니라 그의 작품집에 수록된 작품들 제목을 훑어보아도 이러한 인상은 대체로 그대로 들어맞는다. 타이틀롤이라고도 할 수 있는 중편 〈선생과 황태자〉가 우선 그렇다. 뿐 아니라 〈저녁 공원에서〉〈시골 우체부〉〈삼층집 이야기〉〈당신에게 축복을〉〈무관의 빛〉〈청혼〉〈마테오네집〉〈창백한 겨울 이야기〉 등 대부분의 제목이 서양의 어느 소설제小說題들을 방불케 한다.

게다가 이 작가의 모습 자체가 어쩐지 서구적인(큰 키에 조용한 말씨, 좀처럼 흥분하지 않는 얼굴—그렇다, 어딘가 창백한 느낌마저 주는 그의 프로필에는 저 〈황태자의 첫사랑〉에 나오는 중세 독일 대학생의 귀품貴品같은 것이 서리어 있다!) 색채로 어렴풋이 젖어 있는 것 같다.

이러한 작가 감상은, 그러나 이 작가의 세계를 뚫어 들여다 보려고 하는 낯선 대담자에게는 적잖은 당혹감을 가져다주는 요인이 되는 것이 사실이다.

그의 얼굴빛은 본래부터 창백했고 그의 눈빛은 본래부터 번쩍번쩍 뚜렷하게 빛났으며 그의 표정은 본래부터 무표정한 것이어서 그는 공포감이나 자기 모멸감 따위의 감정에 붙들리지 않는 듯이 보였고 비록 겉으로는 연약하고 강파르게 보이는 체구였으나 놀랍게도 그는 숨을 헐떡이거나 동작을 흐트리지도 않았다.

작가 송영의 처녀작품집이 된《선생과 황태자》속에 17편의 중·단편이 수록되어 있다. 앞의 인용은 그 중 〈당신에게 축복을〉이라는 작품 속의 것.

군감방 속의 행태를 다루고 있는 이 단편은 인용이 보여주는 단단한 묘사처럼 꽉 짜여진 작품의 질서를 만들고 있는 우수한 작품이다.

그러나 작가가 묘사하고 있는 이와 같은 한 인물造形은 기이하게도 필자에게 작가 송영의 얼굴 스스로를 그대로 반영하는 것처럼 생각된다. 그는 확실히 '창백하고 빛나고 무표정하며,

겉으로는 연약하고 강파르게 보이는 체구' 이나 실로 '놀랍게
도 숨을 헐떡이거나 동작을 흐트리지 않는' 젊은 작가인 것
같다. 작가의 인상은 그 작가의 세계를 기웃거려 보는 때에 있
어서 일반적으로 중요한 것으로 간주되지만, 특히 송영에게
있어 그것은 아주 결정적인 것처럼 여겨진다. 그는 가만가만
히 입을 열었다.

"이즈음 이 사람, 저 사람 책을 낸다고 하니까 공연히 건성
으로 나두 — 하고 끼여 책을 낸 것 같아요. 아직 책을 낼 주제
가 못되는데……."

차분하다. 그리고 겸손하다. 그러나 작가의 표정은 말의 내
용처럼 그렇게 겸손한 것은 아니었다.

"전 아직 작가의 세계라고 할 만한 것이 없어요. 요즈음은
70년대 작가다 뭐다 해서 아주 특색들이 강렬한 모양인데, 나
야 작품량도 얼마 안되고……. 그것도 최근 1,2년 동안에 막
썼던 것이지요. 그 전엔 1년에 한 편, 3년에 한 편 하는 식으로
……."

말하는 투나 그 내용으로 보면 상당한 대가大家 같다. 서두
르는 기색도, 주장을 펴보이려는 의지도 일견 발견되지 않는
다. 그러나 그는 엄연한 젊은 작가다. 이를테면, 신예新銳 작가
인 셈인데, 그도 그럴 것이 그의 이력을 보자.

책에 나와 있는 이력을 보면 1940년 전남 영광 출신, 1963년

168

외국어대 독어과 졸업, 1967년《창작과 비평》지에 단편〈투계〉를 발표함으로써 문단 데뷔. 그것이 전부다.

현재도 소설을 쓰는 것 이외에 이렇다 할 직업이 없다. 그러고 보면 송 씨는 얌전히 앉아서 '글이나 쓰고 있는, 영락없는 책상물림' 처럼 보인다. 그러나 이 작가는 뜻밖에도 작가로서도 과작寡作이다. 이 젊은 작가는 대체 어떠한 체질의 작가이며 그가 소설에서 말하고자 하는 것은 무엇인가. 오직 작품만을 통해서 말하려고 하는 드문 작가에 속하는 송 씨를 이해하기 위해서는 따라서 어차피 그의 작품으로 돌아가지 않을 수 없다.

송영의 소설에서 가장 두드러진 특색으로서 우선 우리는 감방소설에 주목하지 않을 수 없다. 대표작인 중편〈선생과 황태자〉를 비롯,〈님께서 오시는 날〉〈계절〉〈당신에게 축복을〉등 그의 수작들이 감방을 소재로 다루고 있는데, 그것은 단순한 소재의 치원을 넘어 이 작가의 작가세계 형성에 중요한 일단을 차지하고 있음이 틀림 없다.

제목들이 풍기는 화사한 분위기와는 달리 스산한 감방에 이 작가의 시선이 드리워져 있다는 것은 과연 무엇을 뜻하는가. 〈선생과 황태자〉의 한 구절은 다음과 같은 감동적인 장면을 보여주고 있다.

선생, 해가 보인다니까.

중사는 어린애처럼 한쪽 팔을 휘두르면서 즐겁게 소리쳤다. 2호의 모든 사람들이 그의 소리에 갑자기 깨어난 듯 통풍구 쪽으로 시선을 돌렸으나 양쪽 벽을 따라 늘어앉아 있는 그들은 무언가를 체념한 듯 이내 시선을 거두고 말았다. 그들은 하나같이 입을 굳게 닫고 묵묵히 앉아 있을 뿐이다.

지금 버스가 스톱했다. 이제 곧 떠날게다. 암 으흥, 벌써 떠나는구나.

중사는 변사처럼 그의 시야에 들어오는 것을 혼자서 신이나서 떠들어 댔다. 그러다가 문득 천명오의 곁에 엉거주춤 서 있는 순열 씨를 내려다 보면서 말했다.

선생, 거기서 저 나무가 보여요?

그가 통풍구 바깥을 손으로 가리켰으나 순열 씨의 위치에서는 아무것도 보이지 않았다.

안 보이는데요.

참, 혼자 보기 아깝구나. 저 잎사귀들 좀 봐. 푸릇푸릇한 잎사귀들, 한창이구나. 며칠 사이에 저렇게 됐어.

중사는 자못 감상적인 투로 혼자 지껄이고는 통풍구의 창틀에 턱을 괸채 한참 동안 말없이 바깥만을 향하고 서 있었다. 이윽고 그가 외출을 끝내고 천명오의 어깨 위에서 시멘트 바닥으로 훌쩍 뛰어 내렸을 때는 중사의 얼굴에선 장난기는 사라지고 없었다.

27살의 젊은 나이로 죽은 전후독일의 천재작가 볼프강 보르헤르트의 작품 〈개꽃송이들〉을 연상케하는 가슴에 젖어 오는 문면文面이다.

히틀러의 나치 치하에서 감방에 갇혀 있는 젊은 사람들을 개꽃송이에 비유해서 그린 〈개꽃송이들〉과 〈선생과 황태자〉에서 필자는 어떤 공유점共有點을 발견한 것일까. 그것은 갇혀 있는 죄수들을 향한 따뜻한 인간애다. 그들은 모두 감방이라는 극한 상황에 유폐幽閉되어 있는 불우한 인생들이며, 건강한 법질서 속에 있는 시민의 관점에서 관찰될 때 사회적으로 이미 왜곡당하고 있는 존재들이다. 그들은 그러나 보르헤르트가 이름 붙였듯이 비록 '개'인지 모르지만 '꽃송이들'이다.

그러나 이러한 근본적 유사성 이외에도 송영 소설의 대부분이 보르헤르트의 분위기를 느끼게 하는 것에는 무엇보다 작법作法의 유사성을 들 수 있다. 보르헤르트가 그렇듯이 송영의 소설엔 거의 한결같이 대화와 지문地文이 구별되지 않고 있다.

이러한 작법이 소설효과상 어떤 성과를 거두는지는 확실치 않다.

하지만 한 가지 확실한 것은 독자로 하여금 주인공의 의식과 행동 사이에 어떤 종류의 단절을 느끼지 않게 한다는 것이다.

말하자면 등장 인물들에게 언행의 연속성連續性을 부여하는 것이다. 그것은 소설의 공간 구축에 있어서 가장 중요한 체험성體驗性을 확보해준다. 그러나 이러한 일련의 효과가 모든 소설에 있어서 언제나 소기의 결과를 유도하는 것은 아닌데, 이 작가는 보르헤르트에 있어서처럼 묘한 성공을 거두고 있는 것 같다. 필자는 작가에게 그런저런 소감을 그대로 말해 보았다.

"이상한데요, 허긴 제가 독문과를 다니긴 했지만 워낙 공부를 안해서, 독일쪽 책도 별로 읽어본 게 없어요. 보르헤르트 비슷하다는 이야긴 처음 듣는데요. 창피한 이야기 같지만 보르헤르트는 아직 번역판 한 권 읽어본 일이 없습니다. 어쨌든 그가 좋은 작가라니 저도 기분이 좋군요."

다른 작가와 비슷하다는 식의 이야기를 싫어하게 마련인 소설가들이어서 내심 불안했던 필자 역시 기분 좋았다. 사실, 보르헤르트의 〈개꽃송이들〉에는 감방 안에 갇힌 어린 병사들이 감방 밖 전차 정거장의 라우드 스피커에서 울려나오는 여자의 목소리에서 자유를 의식하며 상상의 세계를 구성하는 장면이 핵심을 이루고 있는데, 〈선생과 황태자〉를 비롯한 송영의 일련의 감방 소설 역시 그와 흡사한 전개를 보이고 있는 것이다.

그렇다면 그 자신 반국가反國家 혐의로 감방에 투옥된 바 있었던 보르헤르트의 체험은 송 씨에게 있어선 선험적先驗的 상상의 천재로 주어졌는가. 필자는 조심스럽게 그 점을 건드렸다. 순간 송 씨는 잠시 입을 닫는다.

"한 서너 달 저도 감방 생활을 한 일이 있습니다. 70년도의 일이죠."

송영은 그 앳된, 귀공자 같은 모습에 어울리지 않는 감방 체험을 털어놓았다. 그는 대학을 나온 바로 그해, 해병대 장교에 임관, 1년쯤 복무하다가 탈영을 해버렸다는 것. 그러다가 뒤늦게 체포되어 군軍 감방에 들어가게 되었다는 것이다.

"영웅 심리에서였죠. 소설 밖에 머리에 없는 사람이 군대 생활에서 꼭 자기파멸 되어 버릴 것 같더군요."

그는 탈영 동기를 이렇게 말했다. 그러나 그것은 이미 과거—. 한 작가로서 송영은 의외에도 귀중한 체험을 얻게 된 것이다. 아무리 보르헤르트와 비슷하다고 해도 불만의 모습은 커녕, 흔쾌한 표정이 되는 송영의 의연성 밑바닥에는 이와같은 값비싼 체험이 숨어 있었던 것이다.

그렇다면 이 작가가 감방을 그림으로써 말하려고 하는 것은 무엇인가? 그의 소설에는 실로 눈에 보이듯이 생생한 감방 속 현실이 그려져 있지만 작가가 말하려고 하는 것은 물론 생태 그 자체가 아니다. 감방 속의 비인간적인 시설과 대우에 대한 고발이라거나 폭로도 아니다. 그에게 있어서 감방은 단지 '닫힌 문' 이라는 의미를 가지고 있을 뿐이다.

그런 의미에서 송영의 소설은 다분히 상징적이다. 현실을 체험에 입각해서 현실적으로 처리하면서도 보다 보편적인 압축의 기능을 그는 시도하고 있다. 감방은 말하자면 자유와 이상, 그리고 생명이 억제된 현실의 온갖 질곡, 바로 그것으로서 이 작가에 있어 형상화되고 있는 것이다. 스톱했다가 떠나가는 한 대의 버스, 푸릇푸릇한 잎사귀마저 차단된 현실은 감방의 현실이자 보다 높은 곳으로의 이상을 잃고 사는 평범한 일상인들의 현실 그 자체로도 해석이 가능한 것이다. 이러한 해석을 가능하게 하는 심도 있는 묘사로 그의 작품은 구성되어 있다. 가령 〈선생과 황태자〉에서만 하더라도 우선 〈선생과 황태자〉라는 설정, 대비, 그 표현이 흥미롭다.

가장 고참 죄수인 감방장을 '황태자'로 그리고 그 질서 속의 이단적 존재인 나이 많은 한 민간인을 '선생'으로 지칭하기로 한 작업 속에는 감방을 다만 감방으로만 생각하지 않고, 현실의 축도縮圖로 바라보려는 작가의식이 노골적으로 드러나 있다.

이 작품에서 선생은 감방 안에 갇혀 이야기나 꾸며 들려주고, 그 대가로 담배나 얻어 피우면서 '변소 안에 들어가서 마음이 평온해지는' 삶의 적극적인 의욕이 좌절된 인간을 대변한다. 그는 '군화 발자국 소리, 욕지거리, 미친 듯이 킬킬대는 웃음소리, 취사당번들의 그릇 씻는 소리, 구타당하는 신음 소리, 근무자의 위협하는 소리 따위의 소음으로부터 그의 청각을 보호해 준 조그만 문에 고마움을 느끼는' 이를테면 겁 많고 소심한 인간이다.

그가 소설의 결구結句에서 보여주고 있는 것은 고작 '불침번 자리에 쭈그리고 앉아 울고' 있는 일 아닌가. '선생'이라고 이름 붙어 있는 그는 어쩌면 무력한 우리 소시민의 자화상일는지 모를 일이다.

황태자는 그런데 어떤가. 그는 폐쇄된 문 안에서도 생명에 찬 외계가 그리우면 남의 등을 밟고서라도 창을 넘겨보는 적극적 인간형이다. 그는 현실적이면서, 동시에 차라리 이상지향적理想指向的이다. 그에게는 '초라한 사나이가 어깨를 들먹이며 울고 있는 매우 우습고도 삭막한 풍경'에도 어느 정도 관용스러우며, 더구나 그의 정서를 잠시라도 즐겁게 해준 선생에게 한 개비밖에 없는 담배를 건네 줄 정도의 배포가 있다. 그에게 황태자라는 이름이 붙은 것은 얼마나 퍽 흥미로운 일인가.

송영의 감방소설이 난순한 감방소설이 아니라 닫혀진 문을 넘어 생명과 자유를 얻으려고 하는 이상인理想人의 그것이라는 것은 감방을 소재로 하지 않은 그의 다른 소설들을 살펴보면 더욱 잘 이해될 수 있다. 가령 무허가 주택과 그 철거에 얽힌 이야기를 소재로 삼고 있는 〈미화작업〉을 읽어보라.

<미화작업>은 무허가 건물임에도 불구하고 굳이 큰 창을 고집함으로써 마침내 건물 자체가 헐리고 마는 이야기를 다루고 있는 단편이다. 집이 헐리지 않으려면 동사무소 서기가 요구하는대로 창을 폐쇄하면 되었는데도, 끝끝내 창을 우기다가 집 그 자체를 날려버린 주인공에게서 우리는 무엇을 발견할 수 있는가.

그것은 저 <선생과 황태자>에 나오는 이상한 형태의 '외출'이 지닌 또 다른 이상주의의 구체적 변형에 지나지 않는다. 작가 송영은 이 소설에서 감방의 문 대신에 창을 내놓고 있을 뿐이다. 아마 그에게는 현실이란 언제나 벽이며 인간의 인간다운 의지와 생명은 항상 문 혹은 창을 통하여 보다 전망 있고, 보다 신선한 외계로 열려진 모양이다.

송영의 이상주의는 그러나 상당히 제한적인 특색을 지니고 있다. 그것은 그가 이상, 곧 관념 혹은 낭만으로 생각하지 않는 데에서 유래하는 듯이 보이는 현실적인 경향에 대한 지적을 뜻한다. 말하자면 19세기 초 독일의 이상주의가 보여주었던, 혹은 60년대의 최인훈崔仁勳이 보여주었던 관념적 절대주의가 없는 대신에 아주 겸손하게, 글자 그대로 '창'을 통한 정태적靜態的 이상주의다. 그의 소설 문체를 사실체라고 부를 수 있다면 이와 같은 이유 때문이리라.

상징적 사실체는 확실히 이 작가가 지닌 최대의 매력을 이른다. 그것은 우선 독자들에게 강한 현실감을 불러 일으키면서도 19세기 리얼리즘이 그렇듯이 현실고착적인 상투성 속에 안주하게 하지 않고, 그 이상의 상상력을 독자들에게 허용한다. 그밖에도 다른 매력은 첨가된다. 가령 〈미화작업〉의 끝부분이 의미하는 바를 보자.

하지만 아주머니. 또 집을 지으면 되지 않겠습니까? 이번에는 창을 달지 않고 창고 같은 방을 만드는 거지요.
나는 짐짓 이렇게 말하고는 자리를 털고 일어섰다.

이것은 작가의 후퇴를 뜻하는 것인가? 현실로의 함몰을 뜻하는 것인가? 그러나 결코 그것이 아니다. 여기서 우리는 〈선생과 황태자〉에 있어서 다른 죄수의 어깨를 딛고 넘겨다 보는 창밖의 풍경 조망을 가리켜 '외출' 이라고 표현한 대목에 주의를 환기시켜 볼 필요가 있다. 그것은 작가의 의도적인 유머 이외에 아무것도 아니다. '외출'이 유머이듯이 〈미화작업〉의 끝부분은 그럼에도 불구하고 현실에 패배하지 않으려는 자의 강렬한 아이러니임이 분명하다. 유머와 아이러니를 통해서 이 작가는 그 특유의 상징적 사실체를 완성하고 있는 것이다.
"글쎄요, 글을 쓰는 것에 뭐 특별한 주장을 앞세울 겁니까? 아직 그럴 나이도 아니고……. 전 항상 저 자신을 개방해 놓고 있습니다. 문학이란 인간의 이야길 그저 쓰는 것 아닙니까? 차츰 자기 세계가 잡혀 가겠지요."

여전히 겸손하고 여전히 단단하다. 이 작가에겐 작가 스스로가 겸양하듯 작가 세계가 없는 것이 아니라, 작가가 짐짓 능치고 있듯, 교묘하게 감추어진 세계가 이미 확립되어 있는 것 같다. 그것은 한 마디로 '머리는 높이, 발은 땅에' 라는 잠언箴言의 의미하는 바, 현실적 이상주의다. 그의 소설이 항상 가난하고 억압 받는 사회 속에서 소외된 인간들을 다루면서도 격앙된 어조로 흥분하지 않는 까닭은 결코 우연의 결과가 아니다. 그의 목소리는 그가 제시한 어떤 소설상황에서도 항상 조용조용하다. 그런 의미에서 그는 졸라나 하우프트만에 가깝지 않고 차라리 체홉이나 디킨즈에 가깝다.

프랑스나 독일적인 분위기보다 영국적이라는 이야기도 되는 데 이 말 속에는 가열苛烈스러운 혁명적·개혁적 냄새보다 현실을 수락하면서 동시에 그것을 한단계 높은 단계로 끌어 올리려는 자기구제적 시도가 포함된다. 단아한 그의 소설 제목들은 무엇보다 이러한 사정을 잘 입증한다. 현실을 벽으로 의식하되, 그 벽을 파괴하는 것 대신에 창을 내는 의지ㅡ.

이러한 의지는 〈저녁 공원〉에서와 같은 소품小品에서 조차 한 가난한 삶의 생존 방식을 거짓결혼이라는 유머러스한 우회를 통해 처리하는 능숙한 솜씨를 가능하게 한다. 송영ㅡ 그는

178

<선생과 황태자>에서 그 스스로가 묘사한 한 죄수의 모습처럼 감방 속에서조차 '숨을 헐떡이거나 동작을 흐트리지 않는' 듯한 무서운 작가다. 그는 문학이 내재적으로 가진 힘을 천천히, 그러나 힘차게 확산해 가면서 언젠가 우리 소설의 내용을 가장 살찐 것으로 만드는데 크게 기여할 작가로서의 확신을 우리에게 던져주고 있다. —《서울평론》(1974.12.12)

여기 수록된 세 작품들은 년대가 말해주듯이 일정기간 차이를 두고 발표된 작품들이다. 특히 초기 작품인 〈선생과 황태자〉는 나에게 작가로서 재출발점이자, 전환점이 되어준 작품이란 의미가 있다. 세 작품을 구태여 한데 묶은 것은 이 작품들이 나의 몇 가지 개인적 취향들을 각각 대변하고 있다고 생각되었기 때문이다. 이른바 작가적 특성이나 특질을 가장 잘 드러내는 작품이란 뜻이다. 그러나 이것은 어디까지나 작가 혼자 생각이지, 읽는 이의 판단은 다를 수 있을 것이다.

〈선생과 황태자〉는 비교적 알려져 있지만 그러나 실제로는 소수 문학독자를 제외하면 그다지 넓게 읽히지 못했다는 아쉬움이 있다. 상대적으로 덜 알려진 〈비련〉이나 〈멀리 있는 방〉 역시 작가의 애착에도 불구하고 같은 아쉬움을 갖는 작품들이다. 거기에는 일반적 통념이나 선호경향에 부합하지 못하는 작가적 한계점이 원인으로 작용하는지도 모른다. 긍정적 의미에서 보면 작가적 개성이라고 변호할 수 있지만 그것을 크게 내세우지 못하는 데에 나의 작가적 비애가 있다.

최근 미국에 거주하는 초면의 교포 작가 겸 번역가에게서

날아온 메시지는 나의 그런 한계와 약점을 새삼스레 환기시
켜주는 계기가 되었다. 그는 몇 편의 내 작품을 번역한바 있
고 앞으로 작품집 발간을 추진한다고 한다. 〈부랑일기〉〈친구〉
〈계단에서〉 등이 그와 그의 주변에서 선호한다는 작품들이다.

　이 작품들 역시 내가 보기엔 앞서 말한 작가적 특질이 농후
한 것들이다. 그쪽에서 단편의 세계에 상응하는 긴 이야기의
존재 여부를 편집자의 질문으로 물어왔다. 그런데 그 조건에
맞는 긴 이야기가 현재 내겐 없다. 작가적 불성실이 가장 큰
원인이지만 핑계를 대자면 개인적 특질들이 농후한 작품들이
널리 환영받지 못한 것도 긴 이야기의 추동력을 만들어내지
못한 한 이유라고 생각되었다. 크게 환영받지 못한 만찬장에
서 이야기를 짧게 끝내야만 하는 이야기꾼의 어정쩡한 모습이
연상된다. 그럼에도 불구하고 그야말로 몇 개의 단편이 시사
하는 세계에 상응하는 긴 이야기의 필요성을 최근에 다시 절
실하게 느끼고 있다.

　국내에서 신간을 낸 프랑스 젊은 여성작가의 인터뷰 기사를
흥미롭게 읽었다. 프랑스에서는 소설이 여전히 많이 읽힌다고
한다. 어떤 종류의 소설이냐는 전제가 따르지만 국내에서 소설
퇴조현상이 일어난다는 대담기자의 언급에 대한 답변이었다.

　우리보다 현대소설 역사가 깊은 곳이지만 여전히 소설이 활
발하다는 그쪽 이야기가 부러웠다. 그러면 무엇이 문제인가?

변화된 현대생활에 소설은 적응하지 못하고 있는건 아닌가? 이것은 앞으로 깊이 고민해봐야 할 문제임이 틀림없다.

지하철에서 책을 펼쳐놓고 읽는 젊은이들을 가끔 본다. 누구의 책이건 우선 그 모습이 반갑다. 그런데 어떤 책을 읽는지 관심을 가지고 살펴보면 대개는 일본이나 서구쪽에서 수입된 소설류들이다. 어쩌다가 내 독자라고 자처하며 —아주 드문 경우이긴 하지만— 책을 몇 권씩 내놓고 사인을 요청하는 사람과 만난다. 그런 때 그 사람이 사촌보다 더욱 반갑다. 지하철에서 내 책을 읽고 있는 사람과 만나고 싶다. 만약 그 사람을 만나면 나는 그가 남자건 여자건 당장 포옹하고 말 것이다. 이 책이 그런 책이 되어주기를 진심으로 바란다.

글쓰기로 지면에 이름을 낸지 삼십팔 년째가 된다. 나는 부끄럽고 미안하다. 독자에게 그리고 가족과 모든 이웃에게 정말이지 부끄럽고 미안하기만 하다. 이것을 계기로 앞으로 빚을 조금씩 갚아나갈 수 있게 되기를 바란다. 이 시점에서 다시 부활시켜보는 이 작품들의 모습이 가상스럽고 감회가 깊다. 신세대의 취향에도 맞게 장정을 새롭게 하고 활자를 가다듬어 책을 만들어준 출판사에 각별한 고마움을 느낀다.

오포 고산리에서 2004년 8월
송 영

선생과 황태자

초판 1쇄 발행 2004년 9월 6일
초판 2쇄 발행 2006년 8월 25일

지은이   송 영
펴낸이   윤형두
펴낸곳   범우사
편집 장현규 이영주 왕지현

1966년 8월 3일 등록 제406-2003-048호
경기도 파주시 교하읍 분발리 525-2 출판문화정보산업단지(413-756)
대표전화 (031)955-6900 팩스 (031)955-6905
홈페이지 http://www.bumwoosa.co.kr
E-mail: bumwoosa@chollian.net

ISBN 89-08-04325-X 03810

명실상부한 한국 대표문학전집

불리는 민족사를 성찰할 전망대!

제1권▶ 신채호 편 《백세 노인의 미인담》(외) — 김주현(경북대)

제2권▶ 개화기소설 편 《송뢰금》(외) — 양진오(경주대)

제3권▶ 이해조 편 《홍도화》(외) — 최원식(인하대)

제4권▶ 안국선 편 《금수회의록》(외) — 김영민(연세대)

제5권▶ 양건식·현상윤 외 편 《슬픈 모순》(외) — 김복순(명지대)

제6권▶ 김억 편 《해파리의 노래》(외) — 김용직(서울대)

제7권▶ 나도향 편 《어머니》(외) — 박헌호(성균관대)

제8권▶ 조명희 편 《낙동강》(외) — 이명재(중앙대)

제9권▶ 이태준 편 《사상의 월야》(외) — 민충환(부천대)

제10권▶ 최독견 편 《승방비곡》(외) — 강옥희(상명대)

2차본 발행 예정도서

▶ 이인직 편 《귀의 성》(외) — 이재선(서강대)
▶ 김동인 편 《약한 자의 슬픔》(외) — 김윤식(서울대)
▶ 현진건 편 《고향》(외) — 이선영(연세대)
▶ 이광수 편 《삼봉이네 집》(외) — 한승옥(숭실대)
▶ 이 상 편 《공포의 기록》(외) — 이경훈(연세대)
▶ 김유정 편 《산골 나그네》(외) — 이주일(상지대)
▶ 김영팔 편 《곱장칼》(외) — 박명진(중앙대)
▶ 백신애 편 《아름다운 노을》(외) — 최혜실(경희대)
▶ 이설주 편 《방랑기》(외) — 오양호(인천대)
▶ 이석훈 편 《황혼의 노래》(외) — 김용성(인천대)
▶ 심 훈 편 《그날이 오면》(외) — 정종진(청주대)

작가별 작품론— 출판 38년이 일궈낸 세계문학의 보고!

대학입시생에게 논리적 사고를 길러주고 대학생에게는 사회진출의 길을 열어주며,
일반 독자에게는 생활의 지혜를 듬뿍 심어주는 문학시리즈로서
범우비평판은 이제 독자여러분의 서가에서 오랜 친구로 늘 함께 할 것입니다.

(全冊 새로운 편집·장정 / 크라운변형판) 계속 발간됩니다.

범우사 www.bumwoosa.co.kr TEL 02)717-2121

주머니 속에 책 한 권을!

범우문고

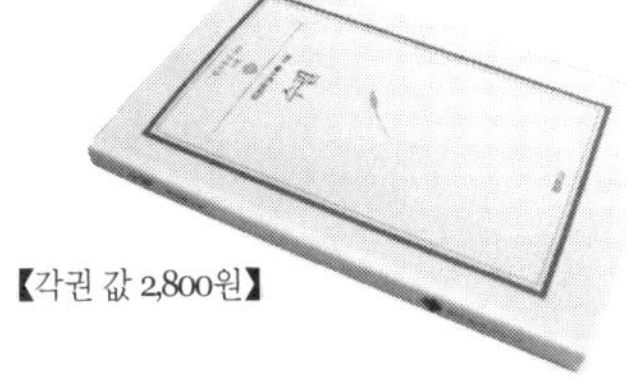

【각권 값 2,800원】

범우사 www.bumwoosa.co.kr TEL 02)717-2121